著 夜桜ユノ
Ill. あかぎこう
山本君の
青春
リベンジ！

足代結仁《あじろゆに》
流伽が所属する
文芸部の先輩。
コスプレが密かな趣味。
YUNI
RUMI
RYOUKO
永田留美《ながたるみ》
流伽の同学年の従妹。
流伽を無視するなど
厳しく接してくる。
藤咲涼子《ふじさきりょうこ》
流伽がバイトする
フランス料理店
『ラ・フォーニュ』の店長。

CHARACTERS

柏木百合《かしわぎゆり》

流伽を治療する担当医。
いつもラムネ・シガレットを
咥えている。

山本彩夏《やまもとさいか》

アイドル好きな
流伽の妹。
お兄ちゃんのことを
慕っている。

遠坂千絵理《とおさかちえり》

流伽をイジメる
グループの
最後方にいる
クラスメイトのお嬢様。

「じゃあ……行ってくる」
「うん、お兄ちゃん」

いつも、俺と歩く時は絶対に
隣をついて回ろうとする彩夏が
ベンチから立たなかった。
その代わりに、迷いも不安も
吹っ切れたような笑顔をくれた。
「――行ってらっしゃい」
俺はアメリカへと飛び立った。

「な、なにやってるんですか柏木さん!?
ダメですよ、俺は今
汗をかいてるので汚いです!」

「アホか、私は医者だぞ。
そんなの気にするか、
疲労を軽減させる
マッサージをするから寝てろ」

CONTENTS

ダッシュエックス文庫

山本君の青春リベンジ！

夜桜 ユノ

第1章『俺、山本流伽は嫌われ者である』

SEISYUN REVENGE! 01

「ちょっと、何あれっ⁉」

「うわっキモ〜い！　写真撮っちゃお〜！」

「うげぇ、朝から気持ち悪いモノ見ちゃった……最悪」

６月は初夏、俺のことを遠巻きに見ている女生徒たちから罵声《ばせい》が上がる。

今年の春から新入生として通い始めた辻堂《つじどう》高校への通学路。

海浜公園へと繋《つな》がる綺麗《きれい》な道と対比するように醜《みにく》い俺は、できるだけ皆様の視界に入らないように努めて歩いていた。

それでも俺、山本流伽《やまもとるか》は毎日道行く人々の嘲笑《ちょうしょう》や軽蔑《けいべつ》の対象になっていた。

『吸水性肥満化症候群《Deform Blubbering Syndrome》』、通称DeBS《デブス》。

約１万人に１人しか罹《かか》らない奇病、世界一嬉《うれ》しくない宝くじに俺は当選してしまった。

病気の影響で俺の体重は高校１年生にしてなんと１３０キロを超えていた。

小学１年生の頃からの付き合いであるこの忌々《いまいま》しい病気、DeBSは体内の水分を吸って脂肪《しぼう》が肥大化《ひだい》する難病である。

そのせいで、俺の顔や手はクリームパンのように醜く膨《ふく》れあがってた。

道行く人々は俺を見ると怖がって距離をあけるほどだ。

俺を見てニヤニヤと笑っている人やヒソヒソ話をする人がいるのはいつものことで……。

中には勝手に写真や動画を撮ってtiktokやイソスタグラムなどのサイトで晒《さら》し者にする人もいる。

そのせいか、面識もないのに突然罵詈雑言《ばりぞうごん》を浴びせられたりもした。

どうやら、太っていてブサイクだというのはそれだけで大した罪らしい。

そんな異形《いぎょう》の生物が高等学校のクラスという閉鎖《へいさ》空間にいたら、入学早々意地悪な人間たちにイジメられるのも当然の流れで……。

「おい、豚男《ぶたお》！　さっさと走って購買行ってこいよ～！」

「あっはっは！　マジうける！　ｗｗｗ」

「3分以内に買って来れなかったら、金は返さね～からなぁ！」

教室の端で、俺は今日も当然のようにパシリをやらされていた。

お察しのとおり、豚男は俺のあだ名である。

俺の頭を踏みつけてあざ笑うヤンキーの男子、和田竜一《わだりゅういち》と取り巻きのギャル二人、天羽美香《あまはねみか》と最上芽衣《もがみめい》。

結果は変わらないと知っていても、必死に彼らに許しを請《こ》う。

「さ、3分なんて……絶対に無理……。誰が走っても5分以上は――」

「うるせー！　特訓だよ特訓！　お前、いつも体育のマラソンでドベだからな！」

当然だ、俺の体重は約130キロ。

みんなと比べると常《つね》に全身に70キロの重りをつけて生活してるようなもの。

マラソンなんて、何とか最後まで走り切るのが精いっぱい。

走り切ったらいつも倒れて、保健室にも運べないということで外に放置されている。

「特訓だって！　リュウちゃんやっさしー！　きゃはは！　ｗｗｗ」

「ほら急げ～！　早く帰ってこないと授業が始まっちまうぞ～！」

「太ってるなら転がった方が速いんじゃない～？　ｗｗｗ」

そして、このお使いはいつもわざと授業開始の直前に強制される。

せめて授業にだけは間に合うよう、俺は必死に身体《からだ》を揺らして走るのだった。

――今回も何とか授業が始まるギリギリの時間に戻ってくることができたが、俺が彼らのために支払ってきたお金が戻ってくることはないだろう。

（はぁ、またバイト増やさないとなぁ……）

呼吸が整わないまま、授業が始まる前に自分の席に座る。

「はぁ……はぁ……」

「ちょっと、豚男！　机近いんだけど！　もっと離れてよ！」

「ご、ごめん……でも一応隣の席だから……はぁ……はぁ……」

「しかも、呼吸が荒くてキモい！」

「ご、ごめん、さっきまで走ってたから……」

「はぁ～マジで最悪。さっさと席替えしてくんないかな～。豚男と一番離れてる席がいい～」

「はぁはぁ……ご、ごめん……」

隣の席の宮下《みやした》さんも毎日こんな感じだ。

いや、誰が隣になっても大体同じような感じで扱われてしまう。

みんな、こんな俺の隣だなんて嫌に決まっている。

◇◇◇

（今日もいつも通りの一日だったな……）

放課後、そんなことを思いながら俺は独《ひと》りでトボトボと帰宅していた。

地獄のような毎日だけど、俺にはとても大きな心の支えがある。

「あっ！　お～い！」

すぐ後方から聞き馴染《なじ》みのある明るい声が聞こえて、俺は笑顔で振り返った。

声がした先には思わず目を見張るような美少女が満面の笑みで俺に手を振っている。

俺の一つ下の妹、中学三年生の山本彩夏《やまもとさいか》だ。

その周りには、いかにもスクールカースト上位に君臨《くんりん》していそうな可愛《かわい》い女の子たちが3人、一緒に下校していた。

彩夏は俺なんかとは違って学園の人気者だ。

俺とは真逆の意味で、街中《まちなか》を歩いているとみんなが思わず振り返る。

そんな、町内で一番――いや、兄の俺の目から見れば世界で一番の美少女だ。

「さ、彩夏……あれ誰？　知り合いなの？」

「彩夏ちゃん、関《かか》わらない方がいいよ～」

「うげぇ、どうやったらあんなに太れるのよ……」

彩夏の周りの3人の女の子たちが俺を見て明らかに良くない反応を示していた。

俺は気を利《き》かせて彩夏とは他人の振りをしようとしたけれど、彩夏は駆け寄って俺の腕を摑《つか》んでしまう。

「私のお兄ちゃんです！　ということで、今日はお兄ちゃんと一緒に帰りますのでこれにてっ！」

彩夏の発言に驚愕《きょうがく》の表情を見せた彩夏の友達たちは、急いで笑顔を取り繕《つくろ》った。

「そ、そうだったんだ～！　へぇ～、彩夏にこんなガッシリしたお兄さんがいたんだね～！」

「その……と、とても大きくて頼もしそうな方ですね！」

「そ、そうね！　固定資産税がかかりそうなくらい！」

俺が彩夏の兄だということを知って、３人はなんとか俺を褒《ほ》める言葉を探す。

恐らく、さっきの発言を帳消しにしようとするためだ。

褒められてるのかどうかは正直よくわからなかったけど、３人とも作った笑顔が引きつっていることだけは確かだった。

しかし、彩夏は軽蔑という感情を知らないかのように無邪気に笑う。

「３人ともありがとう！　大好きで自慢のお兄ちゃんなんだ！　じゃあ、また明日学校でね～」

彩夏はそう言うと、そのまま俺の手を握って一緒に歩きだした。

「学校の人気者、文武両道で才色兼備《さいしょくけんび》な彩夏にもこんな弱点があったのね……」

「まぁ、彩夏って少し完璧《かんぺき》すぎるしアレくらいでバランス取れてるわよね」

「凄《すご》いな～、私だったらあんなお兄さんがいたら絶対に隠すし、他人の振りしちゃうかも……」

背後から、そんな会話が聞こえた気がした。

◇◇◇

二人で歩きながら俺は楽しそうに隣を歩く彩夏に呟《つぶや》いた。

「……ごめん、彩夏。俺みたいなブサイクがお兄ちゃんで」

俺がこう言うと、彩夏がいつも不機嫌になることはわかっていた。

それでも、俺のせいで彩夏まで馬鹿《ばか》にされていることを知るとつい口をついて謝ってしまう。

「だ〜か〜ら〜！　お兄ちゃんはブサイクじゃないよ！　カッコいいもん！　周りの人の言葉なんか気にしないで！」

「あはは、こんなに醜く太っててカッコいいわけないよ」

「見た目の話じゃないよ！　お兄ちゃんは凄く優しくって頼りになるって私は知ってるんだから！」

そして、彩夏はいつも通り一片の疑念も持っていないような瞳《ひとみ》で俺を見る。

「お兄ちゃんは私が困った時にいつも助けてくれるし、さりげなく気遣《きづか》ってくれるし、家のためにバイトも頑張ってるし、勉強だって教えてくれる。良い？　お兄ちゃん！　人は見た目じゃなくて心なんだから！」

「彩夏……」

真っすぐに見つめられてそんなことを言われると流石《さすが》に照《て》れ臭くなり、俺はつい彩夏に意地悪を言った。

「そんなこと言って、彩夏はアイドルグループとか大好きじゃん。やっぱりイケメンが好きなんだろ〜？」

「そ、それはそれ！　これはこれなのです！」

彩夏は慌《あわ》てて誤魔化《ごまか》した。

そんな必死な表情が面白《おもしろ》くて、俺は思わず笑ってしまう。

「あはは、彩夏。俺はカッコいい兄貴にはなれないけど。せめていっぱい勉強して、良い大学に入って、良い仕事に就《つ》いて、彩夏の生活だけは何があっても守ってやるからな」

「だ〜か〜ら〜、お兄ちゃんはカッコいいってばぁ〜！　というか、私だってお兄ちゃんほどじゃないけど勉強はできるもん！　馬鹿にしないでよねー！」

彩夏はまたムヤになって可愛い小さな頬《ほお》を膨らませた。

俺なんかとは明らかに不釣り合いな、天使のような妹が俺の心を癒《い》やしてくれている。

だからこそ俺けどんな困難にも耐え忍ぶことができた。

――その後も彩夏と冗談を言い合ったり、他愛《たあい》のない会話をしながら俺たちは家に帰った。

◇◇◇

「4番テーブルの料理、上がりました〜！　6番テーブル、もう少し待ってくださ い〜！」

――土曜日のランチラッシュの時間帯。

俺はバイト先の本格フランス料理のお店『ラ・フォーニュ』のキッチンで忙しく鍋《なべ》を振って

いた。

バイト仲間たちと協力して何とか怒濤《どとう》の客足をさばき切ると、ちょうどお昼の営業時間が終わる。

ホールに出ていた年上の女子高生や女子大生のアルバイトたちがいつも通り、俺の作るまかないを目当てにキッチンに入って来た。

「おデブちゃん今日もありがと～！　楽勝だったね～！」

「いつもお料理作るの早～い！　しかも盛り付けも完璧！」

「おデブちゃんがキッチンの日はお客さんも大満足だから働いてて楽しいよ～！」

ここでは、俺のあだ名は『おデブちゃん』だった。

なんというか身も蓋《ふた》もないあだ名だけど、クラスで豚男と呼ばれているよりはずっと気に入っている。

「こらっ、お前たち！　山本を変なあだ名で呼ぶなと言っているだろう！」

キッチンの奥から、力強い声が響く。

帽子を脱いで綺麗な黒髪を出しつつ凛《りん》とした雰囲気《ふんいき》の女性が怒りの表情で彼女たちに詰め寄った。

このお方は当店の店長、藤咲涼子《ふじさきりょうこ》さんだ。

まだ22歳という若さでこの一つ星フランスレストランのオーナーシェフを見事に務め上げて

いる。

「あはは～、ごめんなさ～い！　でも、『おデブちゃん』でもう馴染んじゃったから」

「お前たち、普段から山本に散々《さんざん》世話になっておいてだな――」

「い、いいんですよ、店長さん！　俺も馴染んじゃいましたから！」

怒りが収まらない様子の藤咲さんをなだめつつ俺は彼女たちに笑顔を向けた。

「皆さんのまかないはここに作っておきましたよ！　新作ですので、感想を頂けますと嬉しいです！」

「やった～！　新作だって～！」

「おデブちゃんの作るお料理、いつも最高だから楽しみだよ～！」

「食べたら早く合コン行こ～！　今日の男の人たち、かなりレベルが高いんだって！」

藤咲さんは彼女たちの様子を見て呆《あき》れたようなため息を吐く。

俺はヒソヒソとお礼を言った。

「店長さん、ありがとうございます」

「はぁ……山本、お前も嫌だったらちゃんと言うんだぞ」

「あはは……善処します」

藤咲さんは本当に良い人だと思う。

とても美人で、毅然《きぜん》としていて、仕事も完璧にこなす。

俺の尊敬する人だ。

「おデブちゃん！　この新作、最高！　これもメニューにしちゃおうよ！」

「この料理ならまたお店が話題になっちゃうよ！」

「ええ～、これ以上忙しくなるのはごめんだよ～」

アルバイトの女の子たちは俺の作ったまかないを食べながらキャッキャッと盛り上がっていた。

俺は家でも料理をしているし、妹の彩夏や自分のお弁当も作っている。

そしてフランスで3年間修行してきた店長の藤咲さんからもこのお店で料理を学び、日々料理の修行をしていた。

「今日なんて、何だか偉《えら》そうなおじさんが来て、食べ終わった瞬間に『感動した！　作ったシェフを呼んでくれ！』なんて言い出してさ～」

「流石におデブちゃんは呼べないから、どうしようか迷ったよね～」

「結局手が離せないからってことで帰ってもらったけど、あのおじさんまた来そうだよね～」

「たぶん、どっかの料理評論家じゃないかな～」

この話は藤咲さんのもとまで届いていなかったらしい。

驚きの表情で問い返す。

「お前たち、そんなことがあったのか!?　じゃあ、山本を連れて行けばよかっただろう！」

「むりむり～、このお洒落《しゃれ》な店内でこんなおデブちゃんが料理を作ってるなんて知られたらお店の評判が落ちちゃうよ～」

「そ、そんなハズないだろう！　お前ら、山本をなんだと思っているんだ！」

藤咲さんはそう言ってくれているけど、残念ながら彼女たちの意見が正しいと思う。

俺がこの巨体を揺らしながら店内を歩いたら、悪い意味で注目を集めてしまうはずだ。

俺がただ太っているだけなら多分、そこまで問題はない。

しかし、DeBSのせいで異様なむくみ方をしている俺の姿は見る者に恐怖を与えてしまうほどだ。

「ていうか、てんちょーってやけにおデブちゃんの肩持つよね～」

「あっ、店長って確か料理一筋で恋愛経験とかないんでしたっけ？　その歳《とし》で？　ｗｗｗ」

「いつも頭が固くて男なんて寄りつかないでしょうし、おデブちゃんで練習したらどうですか～？　ｗｗｗ」

「あははそれいいね！　お似合いなんじゃないですか～？　料理という共通の趣味もお持ちなわけですし？　ｗｗｗ」

流石に我慢《がまん》ができなくなり、俺はすかさず口を挟《はさ》んだ。

「店長に失礼ですよ。それより、みなさん時間は大丈夫ですか？　合コンがあるとか言ってましたが」

「あっ、そうだった！　早く行って、メイクばっちりにしないと！」

「てんちょーもせっかく美人なんですから、早く良い人見つけた方が良いですよ～」

「そうそう、その怒りっぽい性格がバレる前に身を結ぶんですよ～！　あはは！　ｗｗｗ」

「よ～し、今日こそイケメン彼氏を捕まえるぞ～！」

店長の藤咲さんを散々煽《あお》ると、彼女たちは気合い満々でお店を後にした。

彼女たちが出ていくと、藤咲さんは呆れた表情で俺を見る。

「全く、何が『私に失礼』だ。彼女たちの発言は君にこそ失礼じゃないか」

「あはは、俺はいいんですよ。いつものことですから」

「君が良くても、私が良くないっ！」

藤咲さんは腕を組みながら頬を膨らませた。

いつもクール美人な藤咲さんだが、俺しかいない時は気が緩《ゆる》むのだろうか。

少し子供っぽい仕草《しぐさ》を見せるのが、失礼ながら凄く可愛いと思ってしまう。

「まぁあいつらはともかく、山本。今日もありがとう。君の料理の腕が本当に良くて助かってる」

「そ、そんな！　店長には遠く及びませんよ！」

「あはは、技術はまだだな。だが、君の料理には愛情がこもっている。一番大切なことだ、何か秘訣《ひけつ》があるのか？」

そんなことを聞かれてしまい、俺は少し恥《は》ずかしく思いながらも白状した。

「いつも、妹に作る時の気持ちで料理しているんです。俺の料理の腕が上がったのも、妹に美《お》味《い》しい料理を食べさせたいからなので」

「なるほど、君の妹は幸せ者だな。そうだ、今月の君の給料にも色を付けておいたぞ。君の働きは素晴らしいからな」

「そ、そんな！　悪いですよ、俺だけなんて……お店はみんなで回しているので俺だけの力じゃありません」

「まぁ、そう言うな。家の家計も君が支えているんだろう？」

「そもそも、こんな体型のせいでどこも雇《やと》ってくれない俺をアルバイトとして雇ってくださったのも本当に感謝しているんです！　だから十分――」

ピロピロピロ！

不意に、藤咲さんのスマホが鳴った。

スマホの画面を見て、藤咲さんはゲンナリとした表情をする。

「……はぁ」

「……どうかされたんですか？」

「あぁ、私は自分の店を持ちたくてずっと料理一筋だったからな。両親が心配して勝手に私に良い男性を紹介してくるんだが……正直興味が持てなくてな」

「あはは、それは大変ですね」

「ここにいるバイトの女の子たちもそうだが、どうしてそう余計なおせっかいを焼いてくるのだろうか」

藤咲さんは口元に手を当てて何やら考え込み始めた。

「……なぁ、山本。私は女らしくなくてつまらない人間だと思うか？」

藤咲さんがそんなことを言いだしたので、俺は慌てて否定した。

「そ、そんなわけないですよ！　店長は単身フランスに渡り3年間もお料理を学んで、その若さでこんなに素晴らしいお店を開いてるんですから！　ミシュラン一つ星は本当に凄いことですよ！　世間《せけん》では天才だって言われてるじゃないですか！」

「――と言っても、この店で最近売れているのは君が考案した創作料理じゃないか」

「て、店長のご指導の賜物《たまもの》ですよ！　それに店長は料理だけじゃなくて食材の買い付けや管理、お店のことまで全部一人でやっているじゃないですか！　だから、とても尊敬しているんです！」

俺が早口で必死に弁護すると、藤咲さんは意地悪そうに笑った。

「ふふふ、冗談だよ。私は恋愛沙汰《ざた》には興味が持てなくてな、自分がマトモじゃないのかと時々不安になってしまう時があるんだ。こんな性格のせいで友達すらもできないしな」

藤咲さんの笑いは少しずつ自虐《じぎゃく》的なモノになっていった。

いつも気丈《きじょう》に振る舞っているけれど、本心では結構気にしているのかもしれない。

俺は妹がいつも俺にそうしてくれるように、必死に励《はげ》ます。

「大丈夫です！　藤咲さんはとても美しいですから引く手数多《あまた》ですよ！　それに、自分の夢に夢中になれているってことなんですから。それってとっても素敵《すてき》なことじゃないですか！」

「ふふ、ありがとう。もう十分だよ、君は優しいな。いつか私も本当に誰かを好きになることがあるのかな？　想像もできないが、私なんかじゃきっと愛想《あいそ》を尽かされてしまうだろうな。できれば、実家にも一度誰かを連れて行って安心させてやりたいのだが……」

藤咲さんは少しブツブツと呟くと、俺の肩を叩《たた》いた。

「さて、君のシフトの時間はここまでだろう？　上がっていいぞ。夜は予約の客だけだからな、私一人でも十分に回せる」

「そうですか、わかりました！　じゃあ、また明日のランチ時に来ますね！」

「いつも忙しい時間を任せてすまないな。さて、私も仕込みをしないと」

そう言って、調理器具の準備をする藤咲さんの足取りが何だか重そうに見えた。

俺は思わず声をかける。

「店長、少し働きすぎではないですか？」

「あぁ、最近雑務が立て込んでいてな。今日の営業が終わったら少し休めるから心配はするな」

そう言ったそばから、藤咲さんはフラついてキッチンの棚に身体をぶつけた。

棚の上に積み上げてあった調理器具がバランスを崩《くず》す。

「──危ないっ！」

俺は必死に飛び出して、藤咲さんに覆《おお》いかぶさり上から落ちてきた鍋やフライパンを背中で受け止めた。

俺の身体に弾《はじ》かれた鍋が床に落ちてけたたましい音を上げる。

「いたた……大丈夫ですか？　お怪我《けが》は？」

「君こそ大丈夫か!?　け、怪我は!?」

「俺はありません、店長も無事のようですね。あはは、俺の身体が大きくてよかった」

藤咲さんはオロオロとした様子で俺の身体を案じてくれた。

「すみません急に飛びついて……怖かったですよね」

「こ、怖くはなかったぞ！　ただ、ドキドキはしたが！」

藤咲さんはそう言って顔を赤くする。

１３０キロの巨体だ、ドキドキしたって言ってるしやっぱり怖かったんだろう。

俺は真面目《まじめ》な表情で藤咲さんに言った。

「店長、夜の営業は俺とアルバイトに任せてください。店長は休むべきです」

「しかし、明日はまた忙しいお昼時に君を呼びつけるんだ。アルバイトの君にそこまで頼るのは……」

難色を示す藤咲さんに、俺は少しズルい手を使った。

「実は……今月は少し出費が多くてバイトを増やしてもらえると助かるんです。任せてもらえませんか？」

絶対に譲《ゆず》らないという気迫のこもった俺の瞳を見て、藤咲さんはまだ顔が赤いまま観念したように目を逸《そ》らした。

「……はぁ、君も私の扱いが上手《うま》くなってきたな。わかった、君なら上手くやれるだろう、今夜は店長代理を頼む。だが何かあったらすぐに私に連絡を入れるように」

「大丈夫です！　店長は安心してお休みください！」

こうして藤咲さんを見送ると、俺は夜の営業も何とか立派《りっぱ》に務め上げたのだった。

◇◇◇

今日もいつも通りの一日だった。

クラスで嫌われている俺は不良やギャルに踏みつけられパシられ、罵《ののし》られ、隣の席の宮下さんには授業が始まる前に毎回舌打《したう》ちをされてため息を吐かれる。

放課後は意味なく校庭を走らされて、「豚男のために喧嘩《けんか》の特訓をしてやる！」とか言われて何発も身体を殴られたところで、クラスの不良たちは満足してどこかに遊びに行った。

彼らにとって、俺の身体は良いサンドバッグらしい。

――そうして、少し遅れて始まった俺の放課後。

自分の所属している文芸部に顔を出すために俺は部室の扉を開けた。

「遅れてすみませんっ！」

「あっ、山本君やっと来た……！　な、何か飲む!?　私、お茶淹《い》れるよ！」

「山本氏～！　お疲れ様でござる！　さては、戦《いくさ》に出ていたでござるな～？　この部室でしっかりと養生《ようじょう》されよ！」

文芸部の二人の先輩、足代結仁《あじろゆに》先輩と吉野松陰《よしのしょういん》先輩が俺のことを温かく迎えてくれた。

足代先輩は二年生の女の先輩だ。

小柄で前髪が長く、顔はほとんど覆われている。

そんな髪型が象徴しているように引っ込み思案な性格で、自分に自信がないのかいつもオドオドとしている。

たまにチラリと髪の隙間《すきま》から見える瞳はとても綺麗で、わざわざ隠しているのはきっと何か深い事情があるのだと思う。

吉野先輩は二年生の男の先輩だ。

歴史好きの先輩で、話し方も何となく古風だ。

いつも気さくに話しかけてくれて、俺に歴史のことや豆知識をよく披露《ひろう》してくれる面白い先輩だ。

「あっはっはっ、遅れたとて気にするな山本！　この部活は自由をモットーにしているからな！　文芸とは自由な発想から生まれるのだ！　謝罪が必要なほどのことではない！」

最後に三年生の部長、高峰清彦《たかみねきよひこ》先輩が愛用している扇子《せんす》を開いて自分を扇《あお》ぎながら、ふんぞり返って笑う。

「高峰部長、ありがとうございます！　足代先輩、有難く紅茶をいただいても良いですか？」

「うんっ！　待っててね……！」

文芸部のメンバーは俺を入れてこの四人。

足代さんを除くとみんな男子なんだけど、足代さんにとってもここは居心地が良いらしい。

部活動はお茶を飲みながら本を読んだり、文芸にまつわる話をしたり作品を作ったりすること。

文芸部のみなさんはとても良い人たちで、こんなに醜い俺に対しても普通に接してくれる。

本当に、とても居心地が良い場所だ。

「だが、もう少し早く来てくれると助かるのは確かだな、足代君がずっとソワソワしていて本を読むどころじゃない様子だったぞ」

高峰部長がからかい交じりにそう言うと、足代先輩は驚いてティーポットをひっくり返し、俺のために淹れてくれていた紅茶をこぼしてしまった。

　足代さんは慌てて言い返す。

「ちょっ、ちょっと部長！　そんなこと言わなくてもいいじゃないですか！」

「足代氏、その気持ちはよ～くわかりますぞ～。ある日急に来なくなって、そのまま退部なんてこともよくある話ですからな～」

「そ、そうなのっ！　せっかく優しくて静かな新入生が入ってくれたのに来なくなっちゃったら私のせいかなって思っちゃうし……」

「し、心配しないでください！　俺はこの部活大好きですから！　絶対に辞めたりなんてしませんよ！　それより、火傷《やけど》してませんか!?　今、雑巾《ぞうきん》持ってきますね！」

　さんざん謝り倒す足代さんと一緒にこぼれた紅茶を拭《ふ》く。

　その後、雑巾を洗うのと、ケトルに新しく水を入れ直すために足代さんと一緒に近くの水道まで歩いて行った。

「うぅ～、山本君ごめんね～」

「気にしないでください。俺のために紅茶を淹れようとしてくれたので嬉しいです！」

「山本君、優しい……！　本当にありがとう……」

　二人で雑巾を水に浸《ひた》して洗っていると、屈んだ際に足代先輩のワイシャツの胸ポケットから何かが落ちた。

気がついていない様子だったので、水で流されてしまう前に俺が拾い上げる。

「足代さん、何か落としましたよ」

「え？　――あぁ!?　◎△＄♪×￥●＆％＃?!」

俺が拾い上げたのは何らかの美青年キャラのアクリルキーホルダーだった。

それを見せると、足代先輩は声にならないような声を上げて慌てふためく。

そして、俺の持っているキーホルダーに向けて土下座《どげざ》してしまった。

「ジーク様～！　ごめんなさいぃぃ～！　大事に胸ポケットに入れてたのに落としてしまうなんて～！」

俺は呆気《あっけ》に取られてその様子を見ていることしかできなかった。

しばらく謝り倒した後、俺の様子にようやく気がついた足代先輩は急いで俺からキーホルダーを受け取ると顔を真っ赤にする。

「ご、ごめんね困惑《こんわく》させちゃって……。わ、私……実はゲームのキャラクターにガチ恋してるオタクで……ひ、引いちゃった……よね？」

「えっと――」

俺の返事を待たずに足代先輩は涙を流しながら必死に弁明を始める。

「い、いや、わかってるんだけどね！　現実にはジーク様はいないって！　こんなのおかしいって！　で、でも、現実の男の人は怖くて苦手だし、だから私は言い寄られないように顔も長い前髪で隠して、文芸部の人たちみたいな優しくて大人しい人とだけ一緒にいられて、他には二次元しか関わりを持てなくて――」

「大丈夫です！　引いてませんよ！　誰が何を好きになろうと別に良いことだと思います！」

俺がそう言うと、足代さんは驚いた表情を見せた後、またポロポロと涙を流した。

「そ、そっか……山本君は引かないでくれるんだね……。本当に優しいね……うへへ」

「もちろんですよ！　誰にだって人に言いにくい趣味の一つや二つはあります。もちろん、全部秘密にしますから、安心してください！」

「そ、そうなの!?　じゃあ……そ、そのさ……」

足代先輩はモジモジしながら何やら少し期待するような目を俺に向けた。

「私、実はコスプレにも興味を持ってて……」

そう言うと、足代先輩は顔を真っ赤にしながらスマホの画面を見せてきた。

そこには、自室と思《おぼ》しき場所で美少女キャラクターの格好《かっこう》をした足代先輩がいた。

「えへへ……ぜ、全然似てないんだけどね！」

キャラクターを知らないので似ているかどうかはわからない。

ただ、顔を出している足代先輩はとんでもなく可愛いということだけはよくわかった。

「コ、コスプレをしている時は私もそのキャラクターになり切ることができて、なんていうか……こ、こんな私でも自信が出るんだよね」

「そうなんですね！　素晴らしいことです！　とても良い趣味だと思いますよ！　俺なんか全く自分に自信が持てないので……あはは……」

　そう言うと、足代さんは瞳を輝かせた。

「そ、そうだ！　じゃあ山本君も私と一緒にコスプレしてみるのはどうかな!?　そうすれば自信がつくかもしれないよ！　一緒にやってくれる人が欲しかったんだ！」

「……へ？」

　とんでもないことを言い出す足代さんに俺は少し気おくれしてしまった。

　130キロの巨体の俺ができるコスプレ……岩とかかな……？

「私と一緒にコスプレして！　それで……いつかは一緒にコミケとかにも行こうよ！」

「えっと、そ……そうですね！　いつか！　いつか、機会がありましたら！」

　俺は何とかはぐらかすも、自分の趣味を受け入れてもらえて嬉しい様子の足代さんは「絶対だからね！」と念を押す。

「それと、ジーク様を激流から救ってくれてありがとう！　ワイシャツの胸ポケットなら、圧迫されて落ちないと思ったんだけどなぁ……」

　足代先輩はそう言いながら、明らかに平均を超えた大きさの自分の胸に手を当てた。

　しかし、すぐに自分の失態《しったい》に気がつき、慌てて俺に謝り始める。

「あっ、ご、ごめんね！　変な話しちゃって！　こういうのってセクハラだよね!?」

「大丈夫です……むしろその……ありがとうございます」

「えっと……どういたしまして？」

足代さんも、コスプレの趣味を続けていればいつかジーク様のコスプレが似合う素敵な人に会えるかもしれない。

何にせよ、本当に良い趣味だと思う。

コスプレをすれば、こんなに醜い俺でも少しは自分を愛せるのだろうか。

怪獣とか、魔物とかなら結構上手くいくかもしれない。

（まぁ、流石にコミケとかにまで出ちゃうと晒し者にされちゃうと思うけど……）

そんな風に思いながら、俺は少し上機嫌になった足代先輩と部室に向かって歩いて行った。

◇◇◇

——日曜日。

今日、俺は妹の彩夏と共に横浜《よこはま》で行われているアイドルフェスを見に来ていた。

これは様々な中小事務所に所属している売り出し中のアイドルたちが男女問わずにステージでパフォーマンスを披露する大きなイベントだ。

このイベントがキッカケでプロデューサーの目に留まり、大型音楽番組の出演が決まった

――なんて話もよくあるので、アイドルたちはみんな全力でパフォーマンスをしている。

「うへへ～、あの子もこの子も顔が良い～！　最高～！　頑張れ～！」

午前中は女性アイドルたちのショーの時間だった。

雑食にアイドル好きな彩夏がステージに向けてサイリウムを振りながら瞳を輝かせている。

俺もその隣でサイリウムを振ってアイドルたちを応援しつつ、彩夏が興奮《こうふん》しすぎて脱水を起こさないように定期的に飲み物を飲ませていた。

ちょうどイベントも折り返して休憩《きゆうけい》時間になったので、俺は興奮冷めやらぬ彩夏に話しかけた。

「彩夏、俺なんかじゃなくて友達と来た方が楽しめたんじゃないか？」

「と、友達になんて私のこんな姿見せられないよ～！」

彩夏はそう言うと、『すこすこ侍《ざむらい》』と書かれた額《ひたい》のハチマキを縛《しば》りなおして口元のよだれを拭《ぬぐ》った。

確かに、彩夏は中学校では品行方正で文武両道、誰もが羨《うらや》む美少女として広く認知されている。

実際にはご覧《らん》のように結構オタク気質なところがあるのだが、本人的には隠していたいことらしい。

「そ・れ・に！　お兄ちゃんにも、アイドルの良さを知ってもらいたかったし！　どうお兄ちやん？　誰か好きなアイドルはできた？」

「え？　う～ん……」

彩夏に言われて、俺は今までステージで踊っていた女性アイドルたちを思い起こす。

「正直、特にこれといって気になるアイドルは……」

「えぇ～、こんなに沢山《たくさん》見てきたのに!?　お兄ちゃんの審美眼《しんびがん》はどうなってるの～!?」

「そう言われてもなぁ……う～ん」

「ほ～ら、恥ずかしがらずに誰か推《お》しを言いなよ～！　アイドルを応援するのって楽しいよ～！　こんなに可愛い子たちがいっぱい見られるんだから！」

彩夏の追及は終わりそうになく、俺はさらに頭を悩ませる。

正直、もうどのアイドルが何のグループだったかすらも覚えていない。

「――それなら彩夏の方が可愛いと思うんだけどなぁ……」

悩みながら、俺は無意識に本音をこぼしてしまっていたらしい。

それを聞いた彩夏は顔を真っ赤にする。

「そ、そういうのは言わなくていいの！　全く！　お、お兄ちゃんはっ！」

「えっ？　俺何か言ってたか？」

「な、なんでもないの！　それより――！」

早口にそう言うと、彩夏は話題を切り変えてくれた。

「ここからは男性アイドルだから！　もしかしたらお兄ちゃんは男性アイドルの方がすこれるのかも！　そういう人もいるからね～」

「そうなのか！　よし、頑張ってみる！」

「頑張るって表現は合ってるのかわからないけど、頑張って！　お兄ちゃん！」

そうして、始まった午後の部。

男性アイドルたちのパフォーマンスが始まった。

彩夏は変わらずの熱量で男性アイドルたちを応援して楽しんでいた。

（う～ん……）

だが一方の俺は正直、イケメンとされる男性アイドルたちを見ても自分にはあまりピンとこない。

俺自身が醜いから、嫉妬《しっと》してしまっているのだろうか。

そんな風にも思ったが、頑張って歌って踊っている姿は素直に応援できるのでそういうわけでもないらしい。

考えた末に、俺は一つの結論にたどり着いた。

恐らく、彩夏の言うとおりだ。

普通の人と違って、俺は美醜を判断する感覚が狂っている。

俺自身はずっと変わらず醜い存在であり、それに比べれば俺以外の男の人はみんな一様《いちよう》にイケメンだと判断して生きてきた。

相手の顔をイケてるかそうでないかで考えたことがない。

だから、世間で言うところのイケメンとそうじゃない人との区別があまりつかないのだと思う。

（確かに女性アイドルたちは可愛かったけど、バイト先の藤咲さんや文芸部の足代さんの方が好みだしなぁ……って俺なんかが何言ってんだ）

そんなことを考えて心の中で苦笑いしつつ、俺は彩夏のドリンクがなくなっていることに気がついた。

「彩夏、飲み物なくなってるから買ってくるよ。リンゴジュースでいいか？」

「あっ！　なら私も一緒に行く――」

そう言いながらも、彩夏の瞳はステージに釘付《くぎづ》けだった。

本当は目を離したくないのだろう。

「あはは、いいよ。彩夏はステージを見てて、買ったらまたここに戻ってくるから」

「そ……そう？　お兄ちゃんありがとう！　じゃあ、待ってるね！」

自動販売機で彩夏の飲み物を買っていると、その隣でファンキーな出《い》で立《た》ちのおっさんが腕を組んでステージを見つめていた。

「う〜ん、大した奴《やつ》がいねぇな〜。やっぱりジャパンのアイドルはこの程度なのか？　どこかにポテンシャルのある奴はいねぇのかな～〟」

英語でそんなことを呟きながらため息を吐いていた。

自販機で飲み物を買い終えた俺が彩夏のもとへ戻ろうとすると、そのおっさんは困った様子で呟いた。

「〝ありゃ、トイレはどこだったかな……困ったな。日本人は英語が極端に苦手だから話しかけづらいし……〟」

「〝トイレでしたら、あちらですよ〟」

簡単な英語ならわかるので、俺はそのおっさんにトイレの場所を指さして教えた。

俺の姿を見て一瞬驚いた様子のそのおっさんは、笑いながら礼を言った。

「〝ありがとう。君は英語がわかるんだな〟」

「〝と言っても、学生レベルですが……それでは〟」

俺が行こうとすると、「〝待ってくれ〟」と声をかけられた。

そして、おっさんは何やら俺の顔や身体をジロジロと見始める。

「〝……君は太っているな。顔もむくんでいるし、正直アイドルなんかとは程遠い存在だ〟」

「〝あの……流石にそれくらいの英語の悪口は俺でもわかりますよ？〟」

俺は呆れた表情でそう言ったが、そのおっさんは真剣な表情で俺の顔を見つめ続けた。

「〝――だが、とても綺麗な瞳をしている。わかりにくいが骨格も整っているし、何より人を惹きつける何かがある〟」

「〝そりゃ、これだけ太っていたら人の目も惹きつけるんじゃないですかね……悪い意味で。だからイジメられてるわけですし〟」

「〝なるほど、君はイジメられっ子か。それは大変だな！　あっはっはっ！〟」

うんざりした俺はもうその場を離れようとしたが、おっさんに腕を掴まれてしまった。

「〝うん、何だろう。やっぱり君には何だか輝くモノを感じるんだよね。アイドルプロデュース歴25年の俺の勘《かん》がそう告げてる〟」

「〝はぁ……わかりましたから、もう行っても良いですか？〟」

「〝悪いんだけど、君の連絡先をもらっていいかな？　あ、俺はこういう者なんだけど〟」

そう言って、俺に名刺を渡す。

俺はそれを見もせずにポケットにしまった。

「〝わかりましたから、俺の連絡先を教えたらもう行かせてくださいね。妹が待っていますので〟」

俺はしぶしぶ自分の携帯電話の番号を教えることにした。

このおっさんも日本語が話せなくて日本での生活に困っているのかもしれないと思うと、断りづらかったからだ。

性格には難ありだが、困っているなら助けたい。

「〝手間取《てまど》らせて悪かった。俺は明日からアメリカに帰っちゃうけど、もし興味があったら連絡をくれ。プライベートジェットで迎えを出すよ、それじゃあ俺はトイレに行くよボーイ〟」

「〝はぁ……それではさようなら〟」

最後まで変な冗談を言って、おっさんは笑いながら去って行った。

俺が戻ってくると、ライブはちょうど幕間《まくあい》の休憩時間だった。

「お待たせ、彩夏。ほら、飲み物だ」

「お帰り、お兄ちゃん！　遅かったから心配したよ～」

「あぁ、変な外人のおっさんに絡《から》まれてな、こんな名刺を渡されたんだ」

俺が渡された名刺を見て、彩夏は飲み始めたジュースを噴《ふ》き出した。

「ゲホッゲホッ！　──あ、Ｒ・Ｋロバート⁉」

「知ってるのか？」

俺は彩夏が噴き出した飲み物をタオルで拭くと、彩夏は興奮交じりに語り出した。

「Ｒ・Ｋ・ロバートっていったら世界規模で活躍するようなトップアイドルを何人も生み出してる超敏腕《びんわん》プロデューサーだよ！　素性《すじょう》は謎に包まれているけど、彼に目を付けられたアイドルは絶対に大成功してるの！」

彩夏の話を聞いて、俺はすぐにピンときた。

「なるほど、俺はあのおっさんにからかわれたってわけか」

「あ、あはは～……流石にそうだろうね～」

「こんな小道具まで用意しやがって。アメリカに帰るって言ってたしもう会うこともないだろ」

「……アメリカかぁ～」

　彩夏はそう呟いて空を見上げる。

「……お兄ちゃんの病気に効《き》くお薬、アメリカにはあるんだよね」

　彩夏は俺の『吸水性肥満化症候群《DeBS》』の特効薬の話をし始めた。

　その薬を投与すれば脂肪と皮膚《ひふ》が収縮し、患者が本来の姿に戻れるらしい。

「あぁ、だけどかなりの高額だ。それに新薬だから、1年ほどは向こうで経過観察が義務付けられる」

「そっか……確かに1年もお兄ちゃんに会えないのは寂《さび》しいなぁ～」

「1年後には彩夏も高校生なんだから、俺に甘えてばかりじゃダメだぞ～」

「えぇ～、嫌だ～！　ずっと甘えたい～！」

　そう言って、彩夏は俺の腕に抱きついた。

　今でこそ彩夏は俺と仲良くしてくれているけど、俺と同じ高校に入って環境が変わったら、流石に俺を煙たがるだろう。

　俺がみんなにイジメられている情けない兄貴だということもバレてしまうし、そうなれば彩夏といえども俺という存在を恥ずかしく思ってしまうはずだ。

（だから、今だけは……彩夏が俺と仲良くしてくれるうちはこうして楽しもう……）

そんなことを考えながら、俺は再び始まったアイドルのステージを彩夏と一緒に応援し始めた。

◇◇◇

6月中旬。

俺、山本流伽《るか》は電車で1時間ほどの場所にある母方《ははかた》の実家の祖父母の農作業の手伝いに来ていた。

農作業をしている祖父《じい》ちゃんも、祖母《ばあ》ちゃんもまだまだ元気なんだけど、祖父母孝行も兼《か》ねて俺はよく手伝いに来ている。

この畑で収穫した有機野菜はオーナーシェフの藤咲さんからの評判も上々で『ラ・フォーニュ』の料理によく使われているほどだ。

今回の手伝いの話を聞いた藤咲さんは「ぜひ、私にも手伝わせてほしい！」と申し出てきたけれど、農作業はかなりの力仕事なので俺は言葉巧《たく》みに説得して何とかご遠慮いただいた。

そもそも、藤咲さんの貴重な休みを潰《つぶ》したくはない。

「流伽、いつも来てくれてありがとうな～」

「流伽以外の孫たちはちっとも手伝いになんて来てくれないんだよ～」

祖父母は俺が来るたびにそう言って凄く喜んでくれる。

「あはは、きっとみんな忙しいんだよ。今日は部活で来れなかったけど、今度はまた彩夏も連れてくるから」

「彩夏も優しい子に育ってくれて嬉しいぞ～」

少しだけ寂しそうな表情を見せる祖父母とお喋《しゃべ》りをしながら俺は農作業をするための格好に着替える。

「全く、他の孫たちも少しは流伽と彩夏を見習ってくれればなぁ～」

「何言ってるの！　みんな、祖父ちゃんと祖母ちゃんに凄く会いたがってるよ！　今度俺がみんなを連れてくるから！」

こんなに醜い姿のせいで、俺は親族の恥《はじ》として従姉妹《いとこ》たちに煙たがられている。

だから俺から説得するのは難しいかもしれない。

けれど、寂しがっている祖父ちゃんと祖母ちゃんのために何とか今度全員を集めてみようと俺は手に持ったジャガイモに誓《ちか》った。

「流伽は本当に優しいね～」

「そうだ！　今朝も留美《るみ》が来たんだよ！　まぁ、手伝いに来たわけじゃないみたいなんだがね

〜」

「元気な顔を見せてくれるだけで嬉しいもんさ〜」

二人がそんな話をし始めると、ちょうど俺と同学年の従妹《いとこ》の留美が金髪をなびかせて廊下を横切った。

俺はできるだけの笑顔で話しかける。

「る、留美！　またここに来てたんだね！　げ、元気〜？　あはは……」

留美は俺を見ると顔を背《そむ》け、そのまま背中を向けてしまった。

「こら！　留美！　流伽にちゃんと挨拶《あいさつ》をしなさい！」

祖父ちゃんは厳しく叱責《しっせき》するが、留美はそのまま居間に座ってスマホをいじる。

「…………」

(無視……か。悲しいけど、しょうがない。こんなのが従兄《いとこ》だなんて恥ずかしいだろうし)

「留美、聞いているのっ⁉」

「まぁまぁ、祖母ちゃん。大丈夫だよ、従妹同士なんてこんなものだから」

俺がそう言うと留美はチラリとこちらを見ていた気がした。

俺が振り向くと、また顔を背けてしまったが。

俺は引き続き、農作業の手伝いをした。

「おぉ〜、流伽は相変わらず力持ちだの〜」

「あはは、祖父ちゃんったら。これくらい普通だよ〜」

お昼過ぎには畑の収穫作業が終わった。

俺はトマトやキュウリ、スイカなどの収穫した夏野菜を詰めた箱を5つ積み重ねて運んでいる。

「いやいや、本当に凄い力持ちだよ。この前近所のムキムキのお兄さんに頼んだけど、箱2つで精一杯《せいいっぱい》って感じだったし」

「あはは、ありがとう。二人は無理しちゃダメだよ」

小さい頃に、「流伽は力持ちだねぇ」なんておだてられて、よく買い物袋を持っていたのを思い出す。

きっと、祖父母にとって孫はいつまでも小さな子供のままなのだろう。

今でも、俺が重いモノを待ち上げるのを褒められるのが嬉しいと思っているみたいだ。

「……流伽、お前は優しい子だから、きっと学校でもやられてばかりだろう？　だが、たまにはガツーンとやり返してもいいいんじゃよ？」

「そうそう、本当は流伽の方が強いんだから。私たちはお前が傷つく方が辛《つら》いよ」

急にそんなことを言われて驚いたけど、俺は慌てて笑顔を作った。

「あ、あはは……嫌だなー祖父ちゃんも祖母ちゃんも！　俺は学校でもちゃんと上手くやってるよ！　心配しないで！　と、友達だっているしね！　可愛い女の子もいるんだよ！」

文芸部の皆さんを友達と言い張り、俺は何とか誤魔化す。

祖父ちゃんたちに余計な心配をかけないように。

（本当に俺の方が強いならイジメられることもないんだけどなぁ……俺をサンドバッグにしている学校の不良たちには有名なボクシング部の人だっているし、抗争してる地元のギャングだっている……とても勝ち目がないよ……）

自分の力のなさに思わずため息が出そうなのをなんとか堪《こら》え、箱をトラックの荷台に置く。

トラックが箱の重みで十センチほどズシリと沈んだ。

手伝いを終えると、収穫した野菜で何品か料理を作ってみんなで食べた。

学校が終わり、俺は一人で家路についていた。

今日は一つだけいつもと違うことがあった。

俺をイジメているクラスの女子たちのグループが今日はイジメてこなかったのだ。

ようやく俺というおもちゃに飽《あ》きてくれたのであれば非常にありがたいのだが……

ありそうもない希望を胸に歩く。

そんな時、学校のそばの池を一人の小柄な女の子が呆然《ぼうぜん》と見つめていた。

まさに今日、俺をイジメなかった女の子のグループの後ろにいつもいる子だった。

「…………」

彼女はウェーブがかった綺麗《きれい》な銀髪を風に揺らしながら、心底《しんそこ》困ったような表情で顔を青ざめさせて池を見つめている。

俺は彼女のことを他の女子たちよりも色濃く覚えていた。

ただ、特別美しいからという理由だけじゃない。

だって彼女は――

「大丈夫？　どうかしたの？」

俺は彼女――遠坂千絵理《とおさかちえり》に話しかけた。

遠坂は俺に話しかけられ少し驚いた後、平気な顔を取り繕《つくろ》って俺から目を背《そむ》ける。

「大丈夫。何でもないわ」

そう返事をした遠坂にはいつもと違うところがあった。

彼女がいつも首から下げている小さな赤い宝石のネックレス、それがなくなっていた。

「ネックレス、どうしたんだ？」

「…………」

何やら少し葛藤《かっとう》したような表情を見せた後、遠坂は小さく呟《つぶや》いた。

「落としちゃったの……この池に……」

この池はそこまで浅いとはいえない。

低身長の彼女が捜し物をするために手を池の底まで伸ばすことはできないだろう。

そして何より、虫が沢山《たくさん》湧《わ》いており、泥《どろ》だらけで水も真緑に変色してしまっているほどに汚れている。

「よし、俺が捜してやる。ちょっと待ってろ」

「――は!?　い、いいわ！　自分でなんとかするから！」

「ネックレス、落としたんじゃなくてこの中に投げ捨てられたんだろ？　俺も何度かやられてるから慣れてるんだ、気にすんな」

遠坂の制止を聞かずに俺は靴を脱いで沼の中に入っていった。

ひざ上まで浸《つ》かり、腕を突っ込んで肩まで濡《ぬ》らす。

「ちょっと〜何あれ〜？」

「うげー、よくあんな汚い池に入れるわね。ビョーキになりそ〜」

下校する生徒たちが何人か俺の姿を見てそんなことを言っていた。

祈るように両手を合わせる遠坂に見守られながら、俺はネックレスの捜索を続ける。

──そして、数時間後の夕暮れ時。

「あった！　あっはっはっ！　だてに何度もこの池に物を捨てられてねぇぜ！」

頬《ほお》の泥を拭《ぬぐ》い、俺が遠坂のネックレスを見つけて笑いながら掲《かか》げると──

遠坂はポロポロと涙を流した。

「ありがとう！　本当にありがとう……！」

「そんなに大切な物だったのか。見つかってよかったな」

遠坂の感謝の言葉を聞きながら俺は池から出て赤い宝石のネックレスを渡す。

当然、俺の身体《からだ》は泥やゴミ、小さな虫やその死骸《しがい》にまみれてびしょ濡れだった。

しかし遠坂はそんなことお構いなしに俺に抱きついた。

そして、しきりに謝り始める。

「うぅ……ごめんなさい……本当にごめんなさい……!!」

人生で初めて女の子に抱きしめられた俺は顔を熱くしながら慌《あわ》てふためいた。

「よ、汚れちまうって！　離れて！　あと、感謝は嬉《うれ》しいけど謝られる意味はわからんって！」

「わ、私は何もできなかった！　貴方《あなた》がイジメられているのをみんなと一緒に笑いながら見ていたの！　なのに——どうして手を貸してくれたの……!?」

遠坂が抱いていた気持ちがわかり、俺は納得した。

そして、今度は俺の気持ちを伝える。

「……笑ってない。遠坂は俺を見て笑ってなんかいなかったよ」

俺は気がついていた。

イジメられている俺を見て、表情では周囲に合わせて笑って見せていたが遠坂の瞳《ひとみ》は酷《ひど》く心配そうな色をしていた。

——だから、遠坂だけは俺の中で特別な存在だったんだ。

「……遠坂、もしかしてネックレスを捨てられたのって——」

「うん、体育の時間に外している時にやられちゃった。私が、『山本《やまもと》君に酷いことをするのはもうやめよう』って今朝みんなに言ったから……」

「なるほど、そういうことか〜。まぁ、そりゃ仲間外れにされるわな」

遠坂は形だけでもイジメているグループと一緒に笑うしかなかったんだ。

責めることなんてできない、だってそうしないとこうなっていたんだから。

それでも、勇気を出して俺へのイジメを止《や》めるよう言ってくれていたのは内心凄《すご》く嬉しかった。

「このネックレスはお母様の形見《かたみ》なの。本当に……本当にありがとう！」

「どうして最初は俺に頼ろうとしなかったんだ？」

「だ、だって……私は貴方のイジメを見て見ぬフリをしてたのよ？　手を貸してもらえる資格なんてないわ……」

「イジメに加担しなかっただけでも凄いことだと思うぞ。ましてやあいつらを説得しようとするなんて。まぁ、これからはこんな無茶はせず気をつけて立ち回るんだな」

遠坂の捜し物も見つかったので、再び帰路につくために背を向けた。

これでまた、明日から遠坂とは他人同士だ。

きっとその方が良い。

「俺ならもう慣れてる。心配しなくても大丈夫だから遠坂はまたそいつらと仲良くすればいいさ。それじゃあ」

俺が行こうとすると、遠坂は背後から俺の服の裾《すそ》を掴《つか》んだ。

「……そ、そのままだと風邪を引いちゃうわ」

　そして、なにやら早口で誘いかけてきた。

「ウチはすぐ近くなの。そこでシャワーを浴びていって。貴方の服は2時間もあれば洗濯と乾燥までできると思うから」

「えっ？　いや、いいよ。ずぶ濡れで帰るなんてよくあることだし――」

「いいから、お願い。一緒にウチに来て」

　決して俺の服の裾を離そうとしない遠坂。

　その瞳には何だか強い決意を感じた。

　結局根負けして、俺は遠坂の家までついていくことになった。

「ちょっと、離れないでよ」

　俺が気を遣《つか》って離れようとすると、遠坂はすぐに身を寄せてきた。

「なぁ、手を繋《つな》ぐ必要はないんじゃないか？　池の中を捜し回ったせいで俺の手も結構汚れてるし……」

「いいから……離したら勝手に帰るかもしれないでしょ？」

「でもやっぱり、シャワーまで使うなんて気が引けるし……」

「ばい菌が傷口に入って破傷風《はしょうふう》にでもなったら大変よ、汚れはすぐに洗い流した方が良いわ。私は医者の娘なの、従っておきなさい」

　遠坂は俺の手を強く握ったまま歩き、まくしたてる。

さっきまではしおらしい態度だったけど、あの女子グループに「イジメはやめよう」なんて言えるような奴《やつ》だ。

性根《しょうね》は結構強いのかもしれない。

「それと、私の名前は千絵理よ。ウチに来たらみんな遠坂なんだからわからなくなるでしょ？わかったかしら？　流伽《るか》？」

「お、俺の名前まで知ってるのか？」

山本という苗字《みょうじ》を知ってくれていただけで内心驚いていたので、名前を呼ばれて俺は狼狽《ろうばい》する。

「当たり前でしょ。豚男《ぶたお》が本名だなんて思ってないわ。本当に頭の悪い連中が付けそうな名前よね」

「あはは、なんだか初めて人間扱いされた気がするよ。えっと……千絵理」

「それでいいわ。流伽」

初めて妹以外の女の子の手を握った上に、女の子を名前呼びしてしまった俺は内心ドギマギしながら遠坂の家に向かう。

遠坂にだったら豚呼ばわりされるのも悪くない……なんて思ってしまったのは内緒だ。

「ここがウチよ。さぁ、入って」

「で、デッケー……」

まさに『お屋敷』と形容するに十分な大きさだった。

親がお医者さんって言ってたし、やっぱり遠坂は良いとこのお嬢様なのだろう。

「おかえりなさいませ、千絵理さん」

そして、ミディアムヘアーの綺麗な家政婦さんが出迎える。

ネックレスは母親の形見と言っていたので、彼女が母親代わりのような存在なのかもしれない。

「高橋《たかはし》さん、私の友人の流伽に湯あみの用意を。私はお部屋にいるお父様と話をしてくるわ」

家政婦さんの名前は高橋さんというらしい。

優しい笑顔が印象的だ。

「おい、千絵理も多少は汚れただろ？　俺より先に使えよ」

「私は後で大丈夫よ。それよりずっと大事なことがあるから」

それだけ言うと、千絵理はさっさと大きな階段を上って行ってしまった。

「では流伽さん。こちらへ」

お手伝いさんに緊張しながら、俺はとても大きな石造《いしづく》りの浴場に案内された……。

◇◇◇

「――本当に申し訳ございません！　流伽さんのサイズに合うお洋服を備えておらず……」

「いえいえ！　こんな大柄な人が来るなんて普通思いませんから！　こちらこそ本当にすみません！」

豪勢な入浴を済ませると、謝罪するお手伝いさんに俺はむしろ謝り倒す。

服が乾くまでは大きい厚手のシーツを借りて全身を包ませてもらっている。

そんな格好《かっこう》で居間の豪勢なソファーに座っていると、千絵理が戻ってきた。

古代ローマ人のような格好の俺の姿を見て顔を赤らめる。

「そ、そうよね……サイズが合う服なんてないものね。ごめんなさい」

「……なかなか良いテルマエ《お風呂》であったぞ、平たい顔族《こら》よ」

俺が冗談を言うと、千絵理と高橋さんは笑いを堪え切れずに少し噴《ふ》き出す。

千絵理は咳《せき》ばらいをして仕切りなおすと、その背後から大人の男性が姿を現した。

とても威厳のある雰囲気《ふんいき》の、カッコいい中年男性だった。

「紹介するわ。私の父、遠坂蓮司《れんじ》よ」

俺は立ち上がってお辞儀《じぎ》をした。

「こ、こんにちは！　えっと、お風呂とか、こんなに良くしていただいてありがとうございます！」

蓮司さんは俺の身体を興味深そうにじっくりと見た後、頭を下げる。

「……話は千絵理から聞かせてもらった。君が辛《つら》い思いをしているのに、手を差し伸べてあげられなかったこと。遠坂家の人間として大変恥《は》ずかしく思う」

「な、何を言っているんですか!?　俺はむしろ感謝しているんですよ！　千絵理は勇気を出して俺を救おうとしてくれた！」

蓮司さんの的外《まとはず》れな謝罪に俺は反論する。

だって俺は、本当に嬉しかったんだ。

「そうか、君がそう思ってくれているのならなおのこと、謝りがいがあるというモノだ。これから、また何かあったら私を頼りなさい。私はあの学校に多額の寄付をしている、関係者は全員私には頭が上がらないはずさ」

蓮司さんはそう言って笑うと、千絵理の頭を撫《な》でる。

「千絵理、お前も大したものだ。しかし、まずは相談しなさい。大人の手を借りることは恥ずかしいことではないんだ。仕事にかまけてばかりだった私も悪かった、これからはもっと会話をしよう」

千絵理は反省するように顔を伏せる。

「……申し訳ございませんでしたわ」

「お前は私に似て臆病《おくびょう》なくせに、母に似て気が強いからな。これまでも友達作りにも苦労していた。だからすぐには声を上げられなかったのだろう。わかってやってくれるか？　流伽君」

「あはは、確かに千絵理はクラスの人と全然馴染《なじ》めてませんね。周囲に必死に合わせているような時もありますし」

そう言うと、千絵理は『余計なことを言うな』とでも言うように俺を睨《にら》んだ。

俺は千絵理のそういうところが好きだから、褒《ほ》め言葉のつもりだったんだけど……。

蓮司さんは俺や千絵理の反応を見て笑う。

そして、再度俺の身体を軽く見まわして口を開いた。

「さて、話は変わるが。君のその身体の病気について話をしたい」

(俺の病気について……？　話してないはずだけど……)

口火を切ると、蓮司さんは続ける。

「君のその身体の特徴的な腫《は》れ具合……DeBS《デブス》だね？　珍《めずら》しい病気だ、国内での治療方法はまだない」

「え!?　流伽って、びょ、病気だったの!?」

蓮司さんの言葉に千絵理は驚いていた。

俺の身体が病気だなんて言ったことはないからクラスの誰も知らないだろう。

俺が病気だと知られると、妹の彩夏《さいか》にまで変な疑惑が立ちそうで嫌だったから俺は隠して生活しているけれど……やっぱりお医者さんには見抜かれてしまうようだ。

蓮司さんは千絵理と共に向かいのソファーに腰かけた。

「失礼、病気のことは隠していたのか」

「いえ、お二人にでしたら知られても問題ありません」

「それなら良かった。ここからは提案なんだが……私は医学界ではちょっとした有名人でね。アメリカの医者にもツテがあるんだ」

家政婦の高橋さんが僕たちの前のテーブルにお菓子と紅茶を置き、蓮司さんは話を続ける。

「君さえよければ、DeBS治療の被験者になってもらいたい。アメリカのとある病院に行って、経過観察をしつつ1年くらいは向こうで生活をしてもらう必要があるが、渡航費や滞在費などは全《すべ》て支援させてもらう」

「――え？」

突然の降って湧いた話に俺は戸惑《とまど》う。

「アメリカでDeBSの新薬ができたんだが、被験者は一人でも多い方が良いだろう？　日本人でのデータが取れればこの国での認可も下りやすくなるはずだ、同じ症状で悩んでいる国内の一万人近い患者も救える」

「え？　え？」

まだ理解が追いついていない俺を置いてけぼりに、蓮司さんは頭を下げた。

「もちろん、君の意思を尊重する。強い副作用が出ないとも限らないからね。だが、できればお願いしたい」

「ちょ、ちょっと待ってください！」

俺は少し考えて頭を整理した後、返答した。

「俺に都合が良すぎます！　かかる費用だって、かなりの額になるはずですし……」

「先ほども言ったが、君は被験者なんだ。これくらいの支援は当たり前さ」

「そんなはずは……」

「君は娘が成長するキッカケをくれた友人だ、それは何ものにも代えがたい。それに医者として、君の身体も治ってほしいと思っている」

蓮司さんの瞳からは真っすぐな想いが伝わった。

俺もいっぱい勉強してこんな立派《りっぱ》な大人になりたい。

そんな風に思った。

「……じゃあ、わかりました。お金は僕が働いて後から返しますから、立て替えていただく……ということでどうでしょうか？」

「ふむ、強情だな。ますます気に入った。それでいいだろう。返す当てがなかったら千絵理の世話係にでもなってもらおうか、重労働だから金額は弾《はず》むぞ」

「――ちょっと、お父様？　どういう意味です？」

千絵理は蓮司さんを睨んだが、蓮司さんは愉快《ゆかい》そうに笑っている。

どうやら親子関係は良好なようだ。

「妹とかとも相談しますが、治療については前向きに考えさせていただきます」

「そうか、よかった！　飛行機や受け入れ先の準備はすぐに整えさせてもらうから、意思が固まったら連絡をくれたまえ」

蓮司さんはそう言うと、俺に携帯の電話番号を渡してくれた。

「じゃあ、後は若いお二人で」

「ちょっと、お父様？　変な言い方はやめてくれる？」

蓮司さんはすぐに動いてくれるつもりなのだろう。

電話を取り出して上機嫌に誰かと話しながら、やや足早に部屋を出て行った。

二人きりになると、千絵理は俺に語りかける。

「私からも治療を受けることをオススメするわ。お父様の提案はきっと流伽のためになる」

「う〜ん、でもなぁ」

「あら？　何を迷っているの？」

「ほら、俺がいなくなったら別の奴が標的になっちまうかもしれないだろ？　今の状態だと千絵理が俺の代わりに学校でイジメられちゃうんじゃないかなって……」

俺がそう言うと、千絵理は噴き出した。

「ぷっ、あはは！　なにそれ、そんなことを考えていたの？」

「わ、笑うなよ！　俺は真剣だ！」

「あはは！　じゃあ、その時はさ――」

千絵理は優しく微笑《ほほえ》みながら俺の瞳を真っすぐに見つめる。

「流伽が私を助けに来てよ」

「――え？」

「流伽が助けに来てくれるなら、1年後だろうと私は待っているわ」

千絵理はそう言うと、再びクスクスと笑った。

「ふふふ、なんて冗談。大丈夫よ、私は強いお母様の子だもの。もう簡単にはイジメられたりなんてしないわ。心配しないで行ってらっしゃい」

冗談だとはわかっていても、千絵理がイジメを受けている状況を想像すると俺は笑えなかった。

そのせいで、俺はつい本気の声色《こわいろ》で千絵理に返事をしてしまう。

「――約束するよ。その時は必ず千絵理を助けに行く」

「……へ？」

俺の一言のせいで、まるで時間が止まったかのように部屋の中が静まり返ってしまった。

これは……黒歴史確定だ。

その空気に千絵理も狼狽《うろた》える。

「だ、だから冗談だってばぁ……！　あはは！　じゃ、じゃあ私もお風呂に入らせてもらうから、流伽は服が乾いたら着替えて帰ってね！　き、気をつけて！」

俺が恥ずかしいことを言ったせいだろう。

顔を赤くしてしまった千絵理は逃げるようにして部屋を出て行った。

（やっちまったぁ～!!!）

全てをキッチンから見ていたらしい家政婦の高橋さんが「とっても素敵《すてき》でしたよ！」なんてフォローをしてくれたが、その優しさが逆に辛い。

乾燥機のおかげでホカホカに温まった服を着た俺は、多少なりとも冷え切った心を温めつつ家へと帰った。

◇◇◇

千絵理の家にお邪魔した翌日の朝。

教室ではちょっとした騒ぎが起こった。

「千絵理ちゃ～ん、なんか女子たちにハブられてるらしいじゃ～ん！」

「あー、可哀想《かわいそう》に！　でも俺らだったら千絵理のことを守ってやれるぜ！」

「そうそう！　俺たちと仲良くしとけって、千絵理！」

千絵理が自分の席に座ると、すかさずクラスの陽キャ集団が取り囲んだのだ。

俺の目から見ても千絵理はクラス一の美少女だ。

きっと、孤立した今がチャンスだと思ったのだろう。

千絵理は冷たい瞳で彼らを一瞥《いちべつ》すると、ため息を吐いた。

「私、下の名前で呼ばれるほど貴方たちと仲良くないいんだけど？」

「わかったよ、遠坂ちゃん。じゃあ、これから仲良くなろうぜ！」

「とりあえず、ＲＩＮＥ交換な！」

そう言われて、千絵理は顎《あご》に手を添える。

「……ふむ、ＲＩＮＥ交換。それは良い考えね」

「だろ～！　なんだ～、遠坂ちゃんもやっぱり俺らと――」

「貴方たちとはしないわ」

話を聞き終わる前に千絵理は席を立って、ズカズカと俺の席の前まで歩いて来た。

「流伽、私とＲＩＮＥを交換しましょう？」

「――ちょっ!?」

クラス中の視線が俺と千絵理に集まった。

千絵理の突飛《とっぴ》な行動に俺は内心でダラダラと冷や汗《あせ》を流す。

「と、遠坂……あまり露骨《ろこつ》なことは――」

「流伽？　私のことは何て呼ぶんだったかしら？」

千絵理は俺を睨む。

えっ、この空気の中で言わなくちゃダメなの？

「……千絵理」

「流伽、それでいいわ。ほら、私とＲＩＮＥを交換しましょう」

クラス中からドッと笑いが起こった。

「何、あいつ！　豚男と付き合ってるの⁉　ｗｗｗ」

「あり得ない～！　マジでいい気味！　ｗｗｗ」

「うわ～、めちゃくちゃ可愛《かわい》いと思ってたのに、頭おかしいのかよ～！」

予想された展開に俺は千絵理に囁《ささや》く。

「悪いが、俺はスマホを持ってない……そんなことより、とんでもない誤解が起こってるぞ」

「言わせておけばいいわ。私も言い寄られなくて都合が良いしね。じゃあメールアドレスを頂《ちょう》戴《だい》」

そう言うと千絵理はまた何かを思いついたかのように手を叩《たた》いた。

そして、一人のギャルのもとへと向かう。

「宮下《みやした》さん、私の席の方が黒板が見えやすいですわ。流伽の隣と交換してくださらないかしら？　私、貴方たちと違って目は確かなので」

「へ？　それは願ったり叶《かな》ったりだけど……マジ？」

「マジですわ。大丈夫、私から先生には言っておきます」

千絵理は早速《さっそく》俺の隣に自分の席を移す。

「流伽、これから貴方がアメリカに行くまでは私が守ってあげるから」

そう言うと、千絵理はニッコリと微笑んだ。

どうやら俺は、千絵理の本気を侮《あなど》っていたらしい。

◇◇◇

——お昼休み。

千絵理がずっと俺のそばにいたおかげで、今朝からここまで一度も不良たちに絡《から》まれることがなかった。

そして、千絵理は満面の笑みで俺に語りかける。

「流伽！　一緒にお弁当を食べましょう！」

「あ……あぁ」

引き続き、周囲の刺すような視線を感じながら俺は千絵理に返事をした。

「ここじゃ落ち着かないわね。流伽はいつもどこで食べているのかしら？」

「俺はその……いつもトイレで一人で……あはは」

いつも不良から隠れるためにボッチ飯《めし》をしている俺は悲しい現実を伝える。

「じゃあ、私も流伽と一緒にお手洗いに行けばいいのね？」

「いやいや！　校舎裏！　校舎裏に行こう！」

冗談だか本気だかわからない千絵理の言葉を受け流しつつ、俺たちはお弁当の入った包みと水筒を持って校舎裏に向かった。

到着して、日陰《ひかげ》の目立たない位置に俺たちは腰かける。

すると、千絵理は何やら鼻息を荒くして俺に提案した。

「私、一度やってみたいことがあったの！」

そう言って、千絵理は自分のお弁当の包みを俺に渡してきた。

「流伽、お弁当を交換してみましょう？　私、人のご家庭のお弁当を一度食べてみたかったの！」

やけに大きなお弁当箱だと思っていたけど、どうやら俺に渡す前提だったらしい。

「別にいいけど……」

「良かった！　も、もし私のお弁当が気に入ったら明日から流伽の分も作ってきてあげてもいいわよ？」

「千絵理が作ってきたの？」

「す、少しだけ高橋さんに手伝ってもらったけどね！」

「実は俺もお弁当はいつも自分で作ってきてるんだ」

「あら、珍しいわね。でも男の手料理って栄養バランスとか味とか心配よね～。私がチェックしてあげるわ！」

料理には自信があるのだろうか？

千絵理は得意げに胸を張る。

俺はヒノキの箱でできた自分のお弁当箱を千絵理に渡した。

俺は大食いというわけではないので、普通のサイズだ。

「……ヒノキ？　随分《ずいぶん》と良い素材のお弁当箱ね」

「えぇっと、バイト先のオーナーがおせちを作った時の余りの箱をくれて、食材が傷《いた》みにくいから使ってるんだ」

「へぇ～、私以外にも流伽のことを気にかけてくださっている方がいるのね！　それは嬉しい情報だわ！」

言葉とは裏腹《うらはら》に、千絵理は何やら複雑そうな表情で俺のお弁当箱を開く。

「……ナニコレ？」

そんな一言を呟き、お弁当の中身を見て固まってしまった千絵理に俺は説明していった。

「これは、鴨《かも》のコンフィだ。こっちは鱈《たら》のポワレ。ジュレとパテ・ド・カンパーニュ、その隣が人参《にんじん》のラペ。鶏肉《とりにく》のガランティーヌ」

「？？？？？？　げ、芸術品かしら？」

「あと、パテやテリーヌと一緒にこれもどうぞ」

俺は自分の魔法瓶《びん》に入れていたオニオンスープをカップに注いで、切り分けたフランスパンと一緒に渡した。

俺が作るお弁当はフランス料理が中心だ。

いつも、バイトが終わると藤咲《ふじさき》さんが俺にお店の食材を持たせてくれるから。

そのおかげでいつも食費が浮いて助かっている。

盛り付けを綺麗にするのは俺のこだわりだけど、俺と同じお弁当を持って行ってる彩夏はいつも嬉しそうにお弁当を空《から》にしてくれる。

「……イタダキマス」

千絵理は緊張した面持《おもも》ちで一口、ジュレを口にすると箸《はし》を落とした。

俺は慌ててキャッチする。

「お、美味《おい》しすぎるわ……」

「あはは、そんな大げさな。俺も千絵理のお弁当を頂くね、楽しみだなぁ」

俺が千絵理のお弁当の包みを開こうとすると、千絵理は慌てて俺の手を掴んだ。

「ま、待って！　開けないで！　私の料理なんてこれに比べたら酷いモノで……や、やっぱりお弁当の交換はなしにしましょう！　こんなのいただけないわ！」

「そんな、俺だって千絵理の料理を食べたい」

「ダメ！　も、もっと練習するから！　1年！　1年時間を頂戴！　1年後には流伽が食べられる料理を自力で作れるようになるから！」

「長すぎる……それに、俺はどんな料理でも美味しく食べるよ」

こうして、俺が千絵理の美味しいお弁当をようやく口にできたのは10分ほどこの攻防が続いてからだった。

千絵理のお弁当は誰が食べても美味しいと感じるような高級食材がふんだんに使われていた。

だけど、俺が一番美味しいと感じたのは端っこに隠すように入れてあった、やや焦《こ》げた不格好な卵焼きだと答えると、千絵理は何やら嬉しそうに俺のお弁当を食べる箸を速めていた。

「そうだ、デザートにクリームブリュレがあるんだけど……」

「——頂くわ！」

最後には千絵理も大満足で昼食を終えた。

食後のお茶を飲みながら、俺は提案する。

「もしよかったら、明日から千絵理の分のお弁当も作ろうか？　凄く気に入ってくれたみたいだし、俺も作るの好きだし」

「うぅ……こんなはずじゃ……。お願いします」

千絵理にはとてもお世話になっているので、こんな形でも少しは恩返しできそうで俺は内心ホッとする。

千絵理は何故《なぜ》か少し涙目になりながらデザートを美味しそうに食べていた。

――放課後。

ついに誰にもイジメられることなく俺は一日を過ごせてしまった。

やはり二人でいるということはイジメ対策としてかなり有効なようだ。

「さぁ、流伽。帰るわよ」

ホームルームが終わると千絵理は当然のように俺を誘う。

普通なら土下座《どげざ》してでも一緒に下校することを頼み込むような美少女のお誘いだが、俺は首を横に振った。

「今日は部活があるんだ、文芸部に入ってて」

「そうなの？　文芸部……なら問題はなさそうだけど、一応聞いておくわ。私の助けは必要かしら？」

「大丈夫、イジメられてないよ」

俺の言葉を聞いて千絵理は少し安心したように微笑む。

遠回しな聞き方にも千絵理なりの優しさを感じた。

「そうだ、よかったら千絵理もウチの部活に入らないか？　毎週この日に活動してるんだ。みんな優しくて良い人たちだよ」

「残念ながら、私はほぼ毎日ピアノのレッスンがあるのよ。部活動には参加できそうにないわ」

「千絵理はピアノが弾けるのか、凄いな」

改めて、なんで俺なんかと一緒にいていただけているんだろうと思いながら俺は驚く。

「といってもまだまだだよ。いつかは大きな劇場で弾きたいと思ってはいるけど、オファーなんて来るはずないし。今は地道に練習してコンクールで賞を取っていくしかないわね」

「千絵理ならできるさ。いつか、聴かせてくれよ」

「ええ、約束するわ。それじゃ、また明日」

一人で帰ろうとする千絵理を見て、俺は考え直した。

「――というか、そうだ。やっぱり送って行った方が良いよな……その、色々と危ないし。文芸部はその後に行くよ」

「知ってのとおり、私の家は学校のすぐそばだからその必要は――」

そう言いかけて、千絵理は笑った。

「いいえ、やっぱりお願いするわ」

「ええ!?　山本《やまもと》君、1年間もアメリカに行っちゃうの!?」

――放課後の文芸部。

千絵理《ちえり》を家まで送った後、部室に来た俺は、治験の件を3人の先輩の前で話した。

足代《あじろ》先輩は驚いて紅茶を注いだティーポットを手から落としたので、俺が慌《あわ》ててキャッチしたが、その直後に今度はカップの方をひっくり返し、結局こぼしてしまう。

「あぁ!　ま、また山本君の紅茶がっ!?」

「隙《すき》を生じぬ二段構えとは。足代氏、やりますなぁ。さながら諸葛孔明《しょかつこうめい》のような巧妙さ」

「くそ、また足代君が紅茶をこぼす未来を変えられなかったか。もう一度過去に戻らなければ……!」

吉野《よしの》先輩と高峰《たかみね》部長は見慣れた光景のように軽口を飛ばした。

「ごめんね、本当にごめんねぇ～」

足代先輩は半泣きで屈んで床の紅茶を雑巾《ぞうきん》で拭《ふ》き始めた。

放課後の足代先輩はワイシャツの襟元《えりもと》を緩《ゆる》めている状態なので見えてしまいそうで非常に危ない。

決して見ないように注意しつつ、俺も一緒に雑巾を持ってこぼれた紅茶を拭く。

「山本の話も気になるところだが、とりあえず紅茶を淹《い》れなおしてからでもいいだろう」

「そうですな、お二人とも。また雑巾を洗ってケトルに水を汲《く》んできてくだされ」

「はいぃ～、山本君。また付き合わせてごめんねぇ～。うぅ、先輩失格だ……」

「いえいえ！　驚かせてしまった俺も悪いので！」

足代先輩の後ろをついて行こうとする俺に吉野先輩と高峰部長は何やら近づいてこっそりと囁《ささや》いた。

「山本殿、足代氏は彼氏がおりませんぞ。今が攻める好機なり！」

「な、何を言ってるんですか!?　俺なんかが足代先輩となんて――」

「大丈夫だ、山本。前回二人で水汲みに行った後の足代君はわかりやすく上機嫌だったからな！　脈ありだ！」

「そ、それは事情があって――」

「山本君～？　どうしたの～？」

足代先輩が不思議そうに振り返って俺を呼んでいた。

「いや、急《せ》かしていないからゆっくりと行ってきていいぞと山本に言っていただけだ！」

「そうですぞ、我々はただ吉報を待つのみ！　お二人で談笑でもしながら行ってくだされ！」

そう言って二人は俺の肩をバンバンと叩《たた》きながら誤魔化《ごまか》す。

足代先輩は小首をかしげた後、笑顔で俺を誘った。

「は〜い！　じゃあ山本君、行こう！」

「は、はいっ！」

お二人のせいで変に意識してしまいつつ、この前と同じように俺は足代先輩と蛇口《じゃぐち》のある手洗い場に向かった。

雑巾を洗い、ケトルに水を入れ終えた俺と足代先輩は部室に戻るために廊下を歩く。

「あはは、本当にビックリしちゃったよ……突然、1年間もアメリカに行くなんて……」

「す、すみません。俺も突然決まった話だったので……」

「でも、病気の治療ができるなら絶対に行った方が良いよね！」

その時、足代先輩は何かを思い出したかのように手を叩いた。

「あっ、ごめん山本君！　私、教室に忘れ物があって……回り道になるけど一緒に取りに行ってくれるかな？」

「はい、かまいませんよ！」

「あはは、山本君がアメリカから帰って来る頃には私のドジも少しは治ってるといいんだけど。流石《さすが》のアメリカでもドジが治る薬はまだないのかなぁ」

「足代先輩はそのままがいいんですよ」

「え～、なにそれぇ～」

そんな会話をしながら足代先輩の教室に入った。

足代先輩は自分のロッカーを開いて、手提《てさ》げカバンを取り出す。

「山本君、何か相談があったら私に言ってね！　私たちはほら、秘密を共有してる仲間でもあるから！」

「ありがとうございます。でも、困っていることはないので大丈夫ですよ」

「本当になんでも……あっ！　お金のことでも良いよ！　私、結構稼《かせ》いでるから！」

そんなことを言って、何やら自信満々に胸を張る足代先輩。

俺は再びその豊満な胸元に目が行ってしまいそうになりつつ、要《い》らぬ心配をしてしまう。

「あ、足代先輩……一応聞きますけど、稼ぐって危ないことじゃないですよね……？」

「あ、ち、違うよ!?　その……山本君にだったら言ってもいいかな……？　いいよね……？」

足代先輩は自問自答しつつ顔を赤らめて、今取り出した手提げカバンから薄い本を数冊取り出した。

「えへへ、じ、実は私、中学生の頃から同人作家をやってて……最初は全然だったんだけど……今は結構売れるようになったんだ！」

「同人作家……凄《すご》い、漫画が描けるんですね！」

「ありがとう！　良かった〜！　山本君だったら引かないでくれるって思ったんだ！　山本君にもここに入ってるの1部ずつあげるね！」

手渡された煌《きら》びやかな本の表紙を見て、俺はつい息を飲む。

「あの……全部、妹モノというか……兄妹モノなんですね」

「うん！　私、可愛《かわい》い妹ちゃんが大好きで！　あっ、現実にはこんなに可愛い妹なんていないからこうやって妄想《もうそう》で楽しんでるんだけどね！」

「……ち、ちなみに、内容的には？」

「お兄ちゃんが受けの時もあるし、妹ちゃんが受けのも……ちょ、ちょっと変態チックなのもあるかも……。いやー、兄妹が一線を越える瞬間っていいよねー」

足代先輩はうへへとにやけながら顔を赤らめる。

これは……非常にマズイ。

もし俺がこんなモノを持っているのを妹の彩夏《さいか》に見られたら一生口を聞いてもらえなくなるのは確実だ。

申し訳ないが、受け取るのは断らせてもらおう。

「すみません、足代先輩。その——」

俺が謝罪から入ったので何かを感じ取ってしまったのだろうか。

足代先輩はいつかのようにまたボロボロと涙を流し始めた。

「ご、ごめんね、気持ち悪いよね、こんな……兄妹モノの同人誌を描いてハァハァ言ってるなんて……。山本君なら優しいから大丈夫かと思ったけど、限度があるよね……。本当にごめん、もうこんな話しないから──」

「い、いえいえっ！　『すみませんが、もっと欲しいです！』って言おうとしたんです！　とっても素晴らしい本ですから……！」

俺は全力でハンドルを逆方向にきった。

こんな表情を見せられて断るなんてできるか。

本が素晴らしいと思うのは本心だし……俺が彩夏に見つからないように隠せば済む話だ。

俺の言葉を聞いて、足代先輩はしおれてた花が開いたかのように満開の笑顔になった。

「え!?　そ、そうなの!?　良かった〜！　えへへ〜！　いつかは出版社さんから自分の本とかも出してみたいなって思ってて、頑張ってるんだ〜」

「先輩ならすぐにプロですよ！　こんなに綺麗《きれい》なイラストが描けるんですから！」

「そ、そう!?　うう……そんなこと言われると嬉《うれ》しすぎて泣いちゃいそう……。あ、後さ……その──」

トマトみたいに顔が真っ赤な足代先輩は今度は屈むようにして俺の耳元で囁く。

「じ、実は別名義でその……き、際どいのも描いてて……それも、もちろん妹モノなんだけど」

「そ、そうなんですか～。あはは……」

「あっ、でもレーティング的にはギリ一般誌なんだよ！　倫理《りんり》的には問題かもだけど……」

そう言って、足代先輩は手提げ袋からさらに肌色の多い表紙の薄い本を俺に手渡した。

「それも山本君にあげるね！　つ、使えたかどうか、は、こ、今度教えてね……！　参考にしたいから……！」

「あの……えっと……はい……」

(同人誌は絶っ対に彩夏に見つからない場所に隠そう……)

その後、部室に戻るまで楽しそうに妹モノ作品への愛を語り続ける足代先輩を見ながら俺はそう決意した。

部室に戻って来た俺と足代先輩を吉野先輩と高峰部長が笑顔で迎える。

足代先輩の忘れ物を取りに行って遅くなり、さらに足代先輩が同人誌の話で顔を赤くしたまま戻ったせいで、またお二人には何やら邪推《じゃすい》をされてしまっている気がする。

それはともかく、淹れなおした紅茶を飲みながら文芸部の皆さんに改めて俺の病気のこと、アメリカに行くことになった事情を伝えた。

話を聞いた3人の優しい先輩たちは、俺の身を案じながらも俺の背中を押してくれる。

「外国へ攻め入るとは山本氏、やりますな！　かの豊臣秀吉《とよとみひでよし》も──いや、この話はやめておきますぞ！」

「うむ、1年間か！　山本がさらに大きな男となって帰ってくるのが楽しみだな！」

「あはは、俺は小さくなるために行くんですけどね……」

「それで、いつ出発するの？」

足代先輩に聞かれて、俺は考える。

「えっと、まだ妹に話してなくて……決まったらすぐに手配してもらえるそうなので割とすぐだと思います」

「それでは、壮大に宴《うたげ》を開かなければなりませぬな！」

「そうだね！　送別会だね！」

「あはは、そんな。大丈夫ですよ、そんなに大がかりじゃなくても」

一通りの話が終わると、高峰部長は両手をパチンと合わせてみんなの注目を集めた。

「さて！　では今日も各々《おのおの》自由に部活動を始めてくれ！　山本は小説の件で打ち合わせがあるから俺と窓際の席に来てくれるか？」

「はい！　わかりました！」

足代先輩はこっそりと同人誌のネーム割りのような作業を始め、吉野先輩は歴史小説の難しそうな考察本を瞳《ひとみ》を輝かせて読み始める。

こうして、今日の部活もつつがなく進んで日が暮れていった。

◇◇◇

――部活を終えると、鍵《かぎ》を職員室に返して文芸部のみんなで校舎の入り口へと向かう。

薄暗い校舎内を談笑しながら部員の皆さんと歩く。

俺の好きな時間の一つだ。

「みんな、お疲れ様～！」

「いや～、本日も充実した部活動でしたな～。と言っても拙者《せっしゃ》は歴史書を読んで楽しんでいただけでござるがｗｗｗ」

「かまわんさ、文字を通して歴史に触れることも文芸の知識を深める。無駄なことなど何一つない。それに我が部のモットーはみんな楽しく！　だからな！」

「いえいえ、すでに書籍を三冊も出版している高峰氏のように拙者も何か高い目標を持ちたいモノですな～！」

「あはは、部長の書く文章は本当に魅力的ですからね。俺も学ばせてもらってます」

みんなで会話を楽しみながら廊下を曲がると――。

「――おっ？　豚男《ぶたお》か？」

椅子《いす》で休んでいたガタイの良い男子生徒が俺の存在に気がつき声を上げる。

ちょうど練習を終えたボクシング部のエース、佐山《さやま》がマネージャーである3人のギャルたちに自分をうちわで扇《あお》がせているようだった。

日頃から俺を殴ってイジメている佐山は俺を見て吹き出す。

「おいおい、豚男！　お前部活なんか入ってたのかよ！」

「ウケる〜ｗｗｗ　何楽しそうにしてんだよ、ウゼーｗｗｗ」

「高峰がいるってことは文芸部〜？」

「うわ〜、文芸部ってマジで陰《いん》キャオタクみたいな奴《やつ》しかいないね〜ｗｗｗ」

「マジきめぇ〜、生きてて恥《は》ずかしくないのかなｗｗｗ」

そう言ってギャルたちとゲラゲラ笑う。

「ていうか、豚男なんかでも入れる部活なんてあったんだなｗｗｗ」

「それな！　私だったら絶対に部活に入れないわ〜」

聞きながら俺は思い返す。

そうだ、彼女たちの言う通り。

俺はこんな見た目のせいで入学式の部活勧誘ではあらゆる部活に見て見ぬフリをされた。

『──あの、よ、よかったら……文芸部とか興味ないかな……？』

あの日、俺に声をかけてくれた足代先輩たちを除いては。

その後の学校生活で、俺はこの文芸部という温かい空間にどれだけ救われたことか。

俺なんかを部活に入れてくれた足代先輩たちには本当に感謝している。

――そんな風に当時のことを思い返していると、足代先輩が俺の手を握って小さな声でこう言った。

「……山本君だからだよ」

ギャルたちは足代先輩を睨《にら》みつける。

「はぁ？」

「や、山本君なんかじゃなくて！　私は山本君だから入ってほしいって思ったの！」

「なんだこの根暗《ねくら》ブス？　つか、前髪が長すぎて顔がほとんど見えねーんだけど」

足代先輩の言葉に高峰部長も同調する。

「その通り！　お気に入りの山本を我々に取られたからと言って、ひがむのはやめてもらおうか！」

ギャルたちは呆《あき》れ顔をした。

「こいつまで、何言ってんだ？」

「こんなキモデブ、誰もいらねーっつーの」

俺を擁護《ようご》する部員の皆さんを見て面白《おもしろ》くなくなってきたのか、今度はボクシング部のエースである佐山が高峰部長を標的にし始めた。

「つーか、高峰が出した本。また全然売れなかったらしいなｗｗｗ」

その言葉を皮切りにギャルたちもニタニタとした笑顔で続いた。

「みんな言わないだけで思ってるよ、あんたには才能ないってｗｗｗ」

「毎回爆死して、出版社もよくあんたのこと見捨てないよね～ｗｗｗ」

そして、再び佐山は笑う。

「さっさとやめた方が周りのためになるんじゃねぇか～？　ぎゃはは！　ｗｗｗ」

それを聞いた吉野先輩は眼鏡《めがね》をキラリと光らせて佐山たちの前に立ちはだかった。

「おやおや、ボクシングをしているにも拘《かか》わらずわからないのですかな？　パンチを打たないと相手には当たらないのです。高峰氏は今、文芸という世界でリングに立って必死にパンチを打って戦っているのですよ。佐山殿が今までに打ったパンチは一発も外さずに全《すべ》て当たっているのですかな？」

その言葉で佐山は完全に頭にきたのだろう。

一つ、大きなため息を吐くと吉野先輩を睨んだ。

「――チッ、確かにパンチは打たねぇと当たらねぇよなぁ！」

吉野先輩の言葉にキレた佐山は渾身《こんしん》のジャブを打った。

鋭く風を切る音と共に吉野先輩の顔面目がけて剛腕が唸《うな》る。

――バシィ！

拳《こぶし》が肉を打ちつける、乾いた音が鳴った。

「……おいおい、どういうことだよ」

佐山の放った拳は、吉野先輩の日の前――

俺の手のひらで止められていた。

「豚男……お前、どうやって俺のジャブを」

何百発と見てこの身に受けてきたパンチだ。

直前の動きでジャブを打つことがわかった俺は咄嗟《とっさ》に手を出していた。

俺の手のひらに拳を打ちつけたまま、佐山は俺を嘲笑《ちょうしょう》した。

「そうだ、豚男。最近頭のおかしい女と付き合ってるらしいじゃねぇか。どんなブスか知らねぇが、俺がそいつを――」

佐山の口から千絵理の話が出た瞬間、俺の心の中に今まで存在しなかった怒りの感情が湧《わ》いて出てきた。

千絵理がこいつに指一本でも触れられたら、敵《かな》わないとはわかっていても俺は死に物狂いで立ち向かうだろう。

意識せず、佐山の拳を摑《つか》んだ俺の手にもギリッと力が入る。

「――いっ!?」

「「きゃー!!!」」

佐山が何やら表情を歪《ゆが》めた直後、佐山の周りのギャルたちも表情を歪めて突然悲鳴を上げた。

その視線の先を見ると、吉野先輩のズボンが濡《ぬ》れている。

「あば、あばば……」

本当は怖かったのに無理をして啖呵《たんか》を切っていたのだろう。

佐山の拳が目の前で止められた瞬間に限界がきてしまったらしい。

吉野先輩は立ったまま失禁してしまっていた。

ギャルたちは阿鼻叫喚《あびきょうかん》の大騒ぎだ。

「――ったく、や、やってられっか。山本の女なんかに興味ねーしな。俺たちはもう帰るぜ」

佐山は明らかに狼狽《うろた》えた表情で顔を青ざめさせる。

それほどまでに吉野先輩にドン引きしたのだろう。

（た、助かった……。見逃してもらえた……吉野先輩には気の毒だけど）

安心した俺の手から力が抜けると、佐山は拳を引き抜く。

「……一応、病院行っとくか」

そんなことを呟《つぶや》くと、ギャルたちを連れてどこかへと行ってしまった。

◇◇◇

「うぅ～、かたじけない！　拙者、一生の不覚！　とんだ恥《はじ》さらしでござる！　穴があったら入りたい！」

「いえいえ、カッコ良かったですよ！」

「そ、そうだよ！　私、あんなことできないもん！」

「そうだな！　それに、あいつは言い返せずに手を出したんだ。吉野、お前の勝ちだよ」

ジャージに穿《は》き替えた吉野先輩を励《はげ》ましながら俺たちは帰り道を歩く。

「それにしても、『リングに立ってパンチを打ってる』か。吉野にそんな風に思ってもらえてたのはありがたいな」

「た、高峰部長の本は凄いです！　文章も柔らかくて凄く綺麗だし！　あんなの気にしないでください！」

「そうです！　いつか才能が陽《ひ》の目を見る日が来ますよ！」

高峰部長は俺たちの言葉に感謝しつつ、大笑いして俺の肩に腕を回した。

「まぁ、次回作は絶対に売れるから大丈夫だ！　なぁ、山本？」

「えっ⁉　あ、あはは、まぁそう……ですかね……？」

「あっ、そういえば二人でいつも何か打ち合わせしてるよね？」

「さては、何か策を講じておりますな？」

「あはは……じ、実はですね――」

隠していたわけではないので、俺は白状することにした。

少し恥ずかしい話だけど……。

文芸部に入部した際、俺は「何か今までに書いたモノはあるか？」と高峰部長に言われ、小学2年生の時からつけていた日記帳を手渡したのだ。

俺がDeBS《デブス》によって醜《みにく》い姿に変わってからの、救いようのない日々を赤裸々《せきらら》に綴《つづ》った日記帳が5冊。

とはいえ、酷《ひど》い話だけじゃない。

その中には俺が感じた小さな幸せや見た目で差別をせずに手を貸してくれた人々への感謝も忘れぬように綴っていたし、逆に心が耐え切れなくなって自暴自棄《じぼうじき》になりかけたような時期もあり、それでも日記だけはつけていた。

それを全て読み終えた高峰部長がある日、俺を公園に呼び出し頭を下げてこう言ったのだった。

「この日記――いや、山本の人生を小説にさせてほしい！　原作者は山本、俺が文章を書く！」

当然、俺は困惑《こんわく》した。

「ちょっと、待ってください！　あれは、本当に俺が毎日の出来事や感じたことをその日に記しただけの代物《しろもの》なんです！」

あの日記は、俺が苦し紛《まぎ》れに提出したにすぎないモノだったたから。

他に何かを書いた経験などない、人に読ませるためのモノではなかった。

しかし、高峰部長は俺の両肩を強く摑む。

「だからこそだ！　山本は何の目論見《もくろみ》や忖度《そんたく》もなく『醜悪な姿をした自分』の成長を当時の熱量をそのままに描いた！　その結果、外見至上主義《ルッキズム》に対する最高のノンフィクション作品となっているんだ！　こんなの誰にも書けやしないっ！」

高峰部長の興奮《こうふん》は相当なモノだった。

小説にすることで自分の人生にも意味が生まれるのであれば……。

これほど報《むく》われることはないと思った。

こうして、俺は高峰部長にお願いして部活の度《たび》に打ち合わせをしつつ出版社に持ち込む企画書をまとめている。

——という話をすると、足代先輩と吉野先輩は驚く。

「えぇ～、凄～い！　部長の新作、山本君が原作なの!?」

「これはたまげましたなぁ、ぜひとも読みたいでござる！　出版まではどれほどかかるのですかな？」

「俺がひいきにしてもらっている出版社に持ち込む予定だ。スムーズに企画が通れば半年後には作品になっているだろう」

「——あっ、でも大丈夫なんですか？　今思ったのですが、高峰部長は3年生だから受験が……」

嬉しいお話だが、素人《しろうと》の俺がただ書き綴ったただけの文章を一冊の小説にするとなると、高峰部長の負担がかなり大きいだろう。

しかし、高峰部長は笑い飛ばす。

「あっはっはっ、心配無用。俺の第一志望である東京大学文三は模試ですでにA判定だ。それに、急ぐ人生ではないからな。浪人も悪くない」

「そ、そういえば、部長って凄く頭が良いんだった……！」

「拙者も歴史分野でしたら立ち向かえそうですが……流石は高峰氏！　アッパレでござる！」

「あ、あはは……、高峰部長は少し生き方の規模が他の人と違いますね……」

そんな話をしながら、足代先輩をみんなで家まで送り届けると僕たちはそれぞれの家に帰った。

◇◇◇

——翌日。

吉野先輩から文芸部内で共有しているメールボックスにメッセージが届いていた。

「拙者の情報筋によると、昨日の佐山なる荒くれ者は右拳を骨折したようでござるぞ！　本人いわく、自転車で転倒したせいだとか！　いやー、天罰《てんばつ》は下るモノですな！　同時に、拙者の粗相《そそう》の話もクラス中に広まっておりましたが……やはりどんな話も漏《も》れてしまうモノですな！　尿だけに！」

俺たちの心配をよそに全くへこたれていない吉野先輩の強《したた》かさに不覚にも笑ってしまう。

俺も吉野先輩の心の強さを見習いたい。

安心しつつ、続きの文章を読む。

「――それと、拙者にも目標ができましたぞ！　拙者もボクシングを始めるでござる！　拙者、高峰氏の名誉のために立ち向かったのではありますがやはり力がなくては護《まも》れないと痛感した次第《しだい》……！　ということで地元のボクシングジムに通ってみるでござる！　いずれは佐山殿とのリベンジマッチもできるかもしれないでござるな！（笑）」

リベンジマッチは冗談にしても、吉野先輩の行動力には驚かされた。

喧嘩《けんか》で負けて、まさかそのままボクシングを始めてしまうとは……。

足代先輩は漫画家デビューを夢見ているし。

高峰先輩は小説の賞を取ろうと頑張っている。

（俺も治療に向けて、頑張ろう！）

部員のみなさんと一緒にいられないことに改めて寂《さび》しさを感じつつも俺の胸は期待に高鳴った。

第4章『もう一度、仲良くしてくれますか？』

SEISYUN REVENGE! 04

蓮司《れんじ》さんから治療のご提案をいただいてから2日後。

彩夏《さいか》の中学校の中間テストが終わったので、いよいよ治験の話をすることにした。

彩夏は俺たちが住む狭いアパートの居間に姿勢を正して座り、真剣に話を聞いてくれた。

そして、わずかな葛藤《かっとう》の間《ま》を見せた後に微笑《ほほえ》む。

「うん、私も治験を受けるのに賛成かな。1年間もお兄ちゃんと離れるのは寂《さび》しいけれど、お兄ちゃんの身体《からだ》がこのままだと心臓とかも悪くなっちゃうだろうし」

「このままだと早死にするのは間違いないよな」

「ちょっと～、冗談でもそんなことは言わない！」

彩夏は頬《ほお》を膨《ふく》らませて俺に抗議の視線を向けた。

今のは俺が悪かったと反省する。

「――あ！　ということは、治療が終わればお兄ちゃんの腫《は》れてない顔が見られるんだね！」

「そうなるな」

「私は別に今のお兄ちゃんも好きだけど、少し楽しみだなぁ。お兄ちゃんの素顔ってどんな感じなんだろうね？」

「想像もつかないな……俺にとっては腫れてる状態が普通なわけだし」

「とんでもないイケメンになったりして〜！」

「おいおい、変にハードルを上げるのはやめてくれよ」

「えぇ〜、大丈夫だよ！　それに、どんな顔でも私はお兄ちゃんが大好きだから心配しないで！」

「あはは、それは心強いな」

現実は非情である。

劇的な変化が起こることは間違いないだろうが、俺なんて良くてモブ顔が関の山だろう。

そんなどうでも良いことはともかく、最後に残った問題について考える。

両親がいない俺たちにとっての一番大きな問題だ。

「彩夏は一人になっちゃうから……親戚《しんせき》の誰かのところに行くか？」

そう言うと、彩夏の表情がわかりやすく曇《くも》った。

俺の前では笑顔を絶やさない彩夏の珍《めずら》しい表情だ。

「お兄ちゃん、私……お兄ちゃんの悪口を言われたら手が出ちゃうかも。ていうか、多分出る」

「暴力はいかんぞ、暴力は」

俺の親族は全員俺のことを煙たがっている。

一方で彩夏のことは全員気に入っているのでお願いすればすんなりと話は通りそうだが……。

会話の途中、親戚たちは何かしらにかこつけて俺の醜《みにく》い姿を揶揄《やゆ》するのは想像に難《かた》くない。

彩夏は自分の意思で俺と二人で生活しているのだが、親族たちは俺が彩夏をたぶらかしていると信じて疑っていないからだ。

まぁ、彩夏も俺が一人になるのが可哀想《かわいそう》だから同情して一緒にいてくれているんだと思うけど……なんてことを言ったらまた彩夏に怒られそうだ。

「それとね……えっと、私の勘違《かんちが》いであってほしいんだけど……」

彩夏は言い出しづらそうに眉《まゆ》をひそめる。

「――私、従弟《いとこ》たちにいやらしい目で見られているような……」

「……マジか」

思わず絶句してしまったが、彩夏は世界一可愛《かわい》いので可能性のない話ではない。

彩夏は天真爛漫《てんしんらんまん》な性格だけど、そういうところは割と鋭く、電車で痴漢《ちかん》を何人も撃退している。

そんな話を聞かされたら俺が彩夏を連れ去っているだなんて妄信《もうしん》されるのも納得がいく。

「う～ん、留美《るみ》ちゃんだけは良い子なんだけどなぁ……」

「――え？」

留美ちゃんというのは、永田《ながた》留美のことで間違いないだろう。

ついこの前も祖父母の家で無視をキメこまれた母方《ははかた》の弟の娘である。

「俺、顔を合わすたびにあいつに無視されるんだけど？」

「あはは、留美ちゃんってば、まだそんな調子なんだ……」

「確かに、他の親族と比べて悪口を言われない分マシだけどな」

「留美ちゃん、お兄ちゃんが実家に帰るとよく同じタイミングでいるでしょ？　あれ、実は私が留美ちゃんに教えてあげてるんだ～」

彩夏は何やらニヤニヤしてそう言った。

留美がタイミングを合わせてわざわざ俺に会いに来ている、その意味を考える。

「もしかして留美って――」

「おっ？　気がつきましたか～？」

「わざわざ目の前で俺を無視してイジメたいのか……!?　どんだけ俺のことが嫌いなんだ!?」

「ズコー！」

彩夏は古風なリアクションでズッコケる。

「違うよっ！」

「あっ！　じゃあ、俺が作る料理を楽しみにしてるんだ！　実家に帰ったらいつも作ってやってるからな～」

「う～ん、とりあえずはそれでいっか……お兄ちゃんの手料理を食べられるという意味ではそれもあるだろうし。そもそもこんな風に思われてるのも留美ちゃんの自業自得《じごうじとく》だしね。大切なことは自分で言わなくちゃ」

「……？」

謎が解けない俺を置いてけぼりに、ウンウンと頷《うなず》きながら彩夏はスマートフォンを取り出した。

「じゃあ、今回の治験の件は私から留美ちゃんに話しておくね」

「まぁ、あいつは別に興味ないだろうけどな～」

――翌日、俺は留美に自宅へと呼び出されることとなった。

◇◇◇

6月末。

初夏の休日の昼下がり。

「…………」

「…………」

留美の部屋で小さなテーブルを囲んで向かい合い、かれこれ10分以上——

俺と留美はお互いに視線を逸《そ》らしつつ沈黙を保っていた。

(き、気まずい……)

電車で3つ離れた駅のそばにある永田家の次女、永田留美。

俺のDeBS《デブス》が深刻化した小学2年生の辺《あた》りから距離を置かれてしまい、約7年間はまともな会話をしたことがない。

そんな相手に急に部屋に呼び出されて、どうするのが正解なのかなんて俺にはわからなかった。

(俺から何か話題を切り出した方が良いのか……？　観察しろ、何か話題を……！)

ヒントを探すために俺は留美の部屋を見回す。

よく片付いていて、ゴミ一つ落ちていないし何か凄《すご》く良い匂《にお》いがする。

まさに女の子の部屋って感じで、可愛い小物入れやぬいぐるみが飾られている。

彩夏は俺からのおこづかいが少ないせいでこういう可愛いモノを買うのも我慢《がまん》してるんだろうなと思うと自分への情けなさで涙が出そうになった。

落ち込んでいる場合ではない。

留美はいつも通り、綺麗《きれい》に染まった金髪とフリルをあしらった可愛らしい洋服がよく似合う。

これは確実に学校でも話題の美少女だろう。

昔、短い黒髪だった頃の留美は男の子と見分けがつかなくて、そのことを馬鹿《ばか》にしてくるクソガキどもを俺が懲《こ》らしめていたのが懐《なつ》かしい。

それが今やこんな美少女になっているのだから、人の成長とはわからないモノである。

――結局、何を皮切りに会話を始めて良いのかわからず、俺は目の前に用意された高級そうなお菓子と紅茶を頂いて間を保《も》たせていた。

「……紅茶、もうなくなったのね？　ほら、カップを貸して。淹《い》れてあげるわ」

すると、ようやくイベントが発生して物語が進んだ。

第一声が罵倒《ばとう》じゃないなんて、逆に怖いが……。

床に注がれて「ほら、舐《な》めなさい」なんて言われる可能性もあるので、俺は即座に床に這《は》いつくばれるよう身構えつつ感謝を述べる。

「あ、ありがとう！　あはは、凄く美味《おい》しい紅茶だからさ。ダージリンは特に好きなんだ」

この機を逃すまいとすかさず話を広げると、留美は名画にでもなりそうな美しい所作《しょさ》で俺のカップに紅茶を注ぎながら返答してくれた。

「あら？　流伽《るか》が紅茶に詳《くわ》しいなんて意外ね」

「部活の先輩（足代先輩）が色んな紅茶を飲ませてくれるからすっかり味を覚えちゃって」

「そう、素敵《すてき》な先輩ね。私は淹れるのがあまり上手じゃないから比べないでね」

「大丈夫、凄く美味しいよ。それにこぼさないし……」

話のキッカケをくれた足代先輩に感謝しつつ、なんてことのない会話をしながら俺は内心驚愕《きょうがく》していた。

(俺の名前を呼んだ……だと?)

覚えてたんだ……というか、普通に会話ができているのが奇跡である。

まだ視線は合わせてくれないが、人類にとって大きな一歩だろう。

「…………」

「…………」

しかし結局、またこの沈黙だ。

困った俺は人差し指で額《ひたい》をポリポリかくと、留美が突然瞳《ひとみ》を丸くして俺のその手を摑《つか》んだ。

そして、呆気《あっけ》にとられている俺の髪をかき上げてため息を吐く。

「あの時の額の傷、やっぱり残っちゃってたのね……」

「――あっ」

そして、バレてしまった。

俺はおでこに小さな傷の跡がある。

これは、小学1年生の時に川遊びをしていて流されてしまった留美を助けるために幼《おさな》き頃の俺が必死に泳ぐなか岩で深く切ってしまってできた傷だ。

留美が気に病《や》まないように一応隠していたんだが、額をかいた時に垣間見《かいまみ》えてしまったらしい。

「……今更《いまさら》、俺なんかの顔に傷が残ろうと別に大して変わらんから気にすんな。この位置なら髪で隠れるし、ほとんど目立たない」

「あの時、流伽が助けてくれなかったら私は死んでたかもしれないわね」

「……悪いな、怖いことを思い出させちまった。血もいっぱい見せちまったし」

「なんで流伽が謝るのよ」

幼いころのトラウマがまだ残っているのだろうか。

留美は当時の恐怖を思い出しているかのような悲痛な面持《おもも》ちで俺の額を見つめる。

本当にすみません。

こうして、地獄のような雰囲気《ふんいき》の中お茶会は続いた。

チラチラと気にしている様子で俺の額を見つめる留美。

これを機に子供の頃の話から、何とか楽しくなれる話題を探して俺は留美に語りかけた。

「それにしても懐かしいな、川遊びもそうだけど昔はよく一緒に遊んでた……と言っても留美はそんなこと覚えてないと思うけどさ」

「………………」

俺の話を聞いて、留美は突然立ち上がり勉強机の下に置いてあった金庫を開いた。

その中からこのお洒落《しゃれ》な部屋にはそぐわない、大きなおせんべいの缶《かん》の入れ物を取り出す。

ようやく高級茶菓子なんて俺にはふさわしくないと気がついたのだろうか。

留美はテーブルの上にそれを置く。

フタには幼くも可愛らしい文字で『たからもの』と書かれていた。

しかしフタを開くと、中身は今どきの女子高生である留美には似つかわしくないごちゃごちゃとしたガラクタだらけだった。

「……流伽。これ、覚えてる？」

そう言って留美が中から取り出したのは小さな女の子の人形だった。

「あぁ、小学校に上がる前の縁日《えんにち》で、俺が輪投げで取った景品だ」

「流伽ったら、私が欲しくて泣いていたら自分のおこづかいがなくなっちゃうまで輪投げにチャレンジして取ってくれたのよね」

「そんなこともあったな〜、留美はよく覚えてるな」

人形を大切そうにテーブルに置くと、留美はまたガラクタたちの中に手を入れる。

「これは覚えてる？」

次に取り出したのは、ダンボールと折り紙で作られた金メダルだった。

首から下げられるように紐《ひも》が付いていて『がんばったで賞』と汚い文字で書かれている。

「留美が運動会の駆けっこでビリになった後に俺が作ってやったメダルだな」

「私、今でもたまに着けてその姿を鏡で見るのよ。何かを頑張った特別な日にね」

「あはは、こんな不格好《ぶかっこう》なメダル。今となっては恥《は》ずかしいな」

「……私にとってはどんなネックレスよりも輝いているわ」

ビー玉、メンコ、ベーゴマ、スーパーボール、ラムネ菓子の箱……。

その後も留美は他人から見ればガラクタにしか見えないようなモノを一つ一つ取り出して、俺たちにしかわからない思い出を語る。

一緒に楽しく遊んでいたあの頃に戻れたかのようで、俺は留美と話しながら自然と心から笑顔になっていた。

――そして、その途中。

留美の瞳から不意に涙がこぼれた。

「ど、どうした!?　また俺、なにかやっちゃいました!?」

咄嗟《とっさ》に俺の口から、無自覚系主人公のような言葉が飛び出る。

留美は、涙を拭《ぬぐ》うと座っている俺の隣で急に土下座《どげざ》をした。

「わ、私……本当に流伽に沢山《たくさん》遊んでもらって、助けてもらって、なのに！　なのに私……！」

床に頭をつけて涙声を震わせながら留美は続ける。

「流伽と一緒にいるのが恥ずかしいって思っちゃったの！　流伽は何も悪くないのにっ！　私もみんなと一緒になって、無視して、流伽を孤独にさせた！」

「留美……」

俺は留美の懺悔《ざんげ》を聞く。

「本当は、何度も謝ろうって！　昔みたいに仲良くなりたいって思ってたの！　今更許してもらえるなんて思わないけど、それでも何か話さなくちゃって！」

「だから、俺が帰るタイミングで何度も祖父《じい》ちゃんたちの家に来てたのか」

「でも！　いざ流伽を目の前にすると合わせる顔がなくて、私が流伽に話せる言葉は何も出てこなくて！　今日も何も……その……咄嗟に他のみんなが流伽に取るような態度でしかいつも――」

「留美、仕方がないよ」

これ以上、気持ちのすれ違いが起こる前に俺は留美の懺悔を止める。

「DeBSが酷《ひど》くなるにつれて俺と仲良く遊んでくれていた幼馴染《おさなじ》みや友達、面倒《めんどう》を見てくれていた留美のお父さんやお母さん、お姉さんまで全員距離を置いた」

まだ床に頭をつけて顔を上げようとしないまま、留美は俺の話を聞いていた。

「――そんな状況で幼い留美が周囲に同調しないで生きていけるわけがないだろ？　だからこそ、留美が周りと一緒になって俺と距離を取った時、俺は安心したんだ。留美は彩夏みたいに強くはないから」

「で、でも！　私のせいで流伽は傷ついた！」

「留美、今こうして沢山話してくれたことで俺は留美に傷つけられた分以上に嬉しいんだよ。

こうして俺を呼びだして、話してくれてありがとう」

「そんなに簡単に許されることじゃないわ！」

「なんでそれを留美が決めるんだ？　俺は許してる。俺の願いは今日みたいに二人っきりの時だけでいいから、また昔みたいに留美とは仲良くしたいってことだ」

そう言うと、留美は呆気にとられる。

そして、気が抜けたように長いため息を吐いた。

「はぁ〜、本当に敵《かな》わないわ。向こうの家で会った時も私のために毎回美味しいご飯を作ってくるし、仕返しに毒でも入れてくれればもう少し私の心も楽だったのに」

「料理を食べた後だけは留美も小さい声で『美味しかった……』って言ってくれてたからな。むしろそのために俺は腕を振るってたぞ！」

「全く、私の気は晴れないままだけど。流伽が相手じゃどうしようもないわねー」

俺の願いを聞いて、留美は昔の口調に戻ってくれた。

しかし、確かに少しくらいは仕返しをしても良いかもしれないと思った俺は、一つ意地悪を思いつく。

「そうだ、留美はこれ覚えてるか？」

俺はそう言って、財布《さいふ》に入れていた小さなおもちゃの指輪を取り出した。

それを目にした瞬間、留美の顔が真っ赤に染まる。

「ちょっと！　な、なんでそんなモノ持ち歩いてるのよっ⁉」

「俺にとっては宝物だしな。お守り代わりにしてるんだ」

これは、小学1年生に上がった頃に留美が俺に渡してくれた指輪だ。

『留美と結婚してくださいっ！』

バザーで買ったおもちゃの指輪を差し出して、意味もよくわかっていない留美のプロポーズを、当時の俺は喜んで承諾《しょうだく》した。

「あんなの時効よ！　私が流伽を好きになることはないわ！」

「あはは、そんなのわかってるよ。俺も青春みたいなことは無理だって、もう諦《あきら》めてるし」

「あ！　そういう意味じゃないのよ⁉　ほら、流伽は私にとって友達みたいな存在だから！　変に意識させてギクシャクしちゃうのも楽しくないでしょ？」

留美は気を遣《つか》ってそうは言うけど、マトモな感覚をしていたら俺みたいなキモデブを男として見れるはずがないことはわかる。

「──でも……そうね！　アメリカから帰ってきたらデートくらいはしてあげても良いわよ！」

「あはは、またこんな美少女と一緒に歩けるなら俺の方が土下座したいくらいだよ」

「ふふん、そうでしょ？　だから、病気なんかさっさと治して帰ってきなさい！　待ってるから！」

そう言った時の留美の表情は。

俺が子供の時に守りたくてしょうがなかったあの笑顔のままだった――。

「――ふざけるな！　そんなの間違ってる！」

「ですが、今はお店が盛り上がってきて大事な時期なんです！　藤咲《ふじさき》さん、わかってください！」

「いいや！　わかってやるものか！　山本《やまもと》は私の大切な従業員だぞ!?」

開店時間よりもいくらか早い時間。

バイト先のフランス料理のお店『ラ・フォーニュ』に来ると、藤咲さんが誰かと言い争っている声が聞こえた。

どうやらコンサルタントさんと一緒に店長室にいるらしい。

開いたままの扉から藤咲さんは俺の姿を見かけて、気まずそうな表情をした。

「とにかく、私はその提案は受け入れられんからな。今日のところは帰ってくれ」

「……ぜひ、冷静になってもう一度お考え下さい。それでは……」

コンサルタントはそう言うとテーブルの上の資料をカバンに詰めて帰って行った。

「……藤咲さん、もしかして俺が原因なんですか？」

聞こえてしまった会話に俺の名前が出てきていたので、尋《たず》ねないわけにもいかなかった。

ちなみに、アメリカでの治験の相談は今日の営業が終わったらするつもりだ。

藤咲さんは言い出しづらそうな表情で大きくため息を吐く。

「山本、このお店は世間《せけん》で何と言われているか知っているか？」

「えっと、『若き天才シェフの一つ星フランス料理店』……ですよね？」

藤咲さんは首を横に振って悔《くや》しそうに下唇《したくちびる》を噛《か》んだ。

「正確には『〝美しすぎる〟若き天才シェフの一つ星フランス料理店』だ。結局、私程度の腕では料理だけで評価はしてもらえないらしい」

「――で、でもミシュラン一つ星は確かな料理の腕があったからですよ！　だからお店も繁《はん》盛《じょう》しているんです！」

俺のフォローに藤咲さんは感謝しつつ、力のない表情で笑った。

「ありがとう。開店まではまだ時間がある、山本がウチでアルバイトを始める前の話をしようか」

そう言って、藤咲さんは俺に座るよう勧《すす》めた。

「……最初は私一人でお店を始めたんだ。お客さんは少なかったが、毎日丹精《たんせい》込めて料理を作っていたら数カ月でミシュランの一つ星をいただけることになった。嬉《うれ》しかったよ」

藤咲さんの腕なら二つ星くらいあげても良いんじゃないかと思いつつ、俺は静かに聞いていた。

「そうしたら、偉そうな美食家や評論家が来店するようになった。満足そうに食べていたはずなのに、女の私が作っていると知った途端《とたん》に評価が渋くなったよ。修業時代にも味わったが生きづらい世の中だ」

藤咲さんは苦笑する。

恐らく、藤咲さんの麗《うるわ》しい見た目が評論家たちの職人のイメージからかけ離れていて高評価を出すのはプライドが許さなかったのだろう。

藤咲さんは誰よりも料理に対して真面目《まじめ》に向き合っているのに……。

話を聞きながら俺も悔しくてつい拳《こぶし》を握ってしまった。

「そのせいで、雑誌の評価はガタ落ち。常連さんのみが残った。しかし繁盛しなくては経営が厳しい。私にもお店を大きくしたいという目標があるしな。それで、経営コンサルタントを雇《やと》ってアドバイスを受けてみることにしたんだ」

俺が雇われた時にはすでにお店は繁盛していたので、知らない話だった。

確かに、経営は広告や呼び込みなど、また別の能力が必要になる。

「コンサルタントは『藤咲シェフを〝美しすぎるオーナーシェフ〟としてメディアに出しましょう！』と言ってきてな。私はそんなの効果がないと思ったが……結果はまさかの大繁盛だ。

すぐにアルバイトも雇えるようになった」

　コンサルタントさんの戦略は大正解だろう。

　藤咲さん自身はあまり自覚していないけど、本当に美人だ。

　女優としても十分やっていけるくらいに。

「ウチの店のアルバイトは可愛《かわい》い子が多いだろう？　それも結局は〝美人シェフ〟のイメージを崩《くず》さないようにコンサルタントが選んで採用しているんだ」

「え？　で、でも姿を見ただけでどのアルバイトでも不採用にされるような俺みたいなのを雇ってくれたのは――」

「山本は私の勝手な判断で採用した。握手をした時に、『いつも料理をしている人の手だ』とわかったしな。無論、コンサルタントには大反対されたが押し切った」

「そ、そうだったんですか!?　ありがとうございます、働ける場所がなくて本当に途方に暮れてました……」

「君を採用しようと思ったのはそれだけじゃないさ。君が面接で『料理で人を笑顔にしたい』と言った時、その真剣な瞳《ひとみ》を見て私は失いかけていた情熱をまた思い出せたんだ。あのままだったら私は料理を本気でするのが馬鹿馬鹿《ばかばか》しくなって腐っていただろう。感謝したいのはこっちさ」

　頭を下げる藤咲さんに、俺は慌《あわ》ててもっと深く頭を下げて感謝を示す。

このお店で働けていなかったら、本当に今頃はどうなっているかわからない。

「それで……山本。先ほどコンサルタントと言い争っていた話に戻る」

ついに本題に入るらしい。

藤咲さんはまた大きくため息を吐いた。

「これは本当に馬鹿げた話だ。正直、山本にはコレを見せたくもない。だが、いずれは君の耳にも入ってしまうだろうから……」

そう言って藤咲さんが見せてくれたのは今週発売のとある週刊誌だった。

その表紙には店の裏口から出てくる目線の入った俺の写真と共にデカデカとこう書かれていた。

『美人シェフで有名な一つ星レストラン！　しかし、料理を作っているのは大男!?　客を騙して商売か！』

——俺のせいで、藤咲さんが積み上げたモノが台無しになろうとしていたのだった。

雑誌の見出しを見て、俺は狼狽《うろた》える。

「こ、これって——」

「あぁ、くだらない三流ゴシップ記事だ。しかしどうやら影響力はあるらしい、すでに何件か苦情の電話が来たよ。全員、一度しか来店してない上に私に会おうとして断られたような客たちだがな」

そういえば、明らかに料理ではなく美しすぎるオーナーシェフこと藤咲さんを目当てに来る迷惑な客も少なくない。

その度に藤咲さんが直接追い返しているが、内心彼らは逆恨《さかうら》みしていたのだろう。

今回の件を知って仕返しとばかりに迷惑をかけてくるのも想像に難《かた》くない。

「コンサルタントはもともと山本の採用には反対していたからな。態度には出さないが今回の件で得意げな気持ちだろう。お察しのとおり、私に山本を解雇《かいこ》しろと言ってきたから私は激怒したんだ」

藤咲さんは怒りが再熱した様子で続ける。

「確かに、このお店が繁盛しだしたのはコンサルタントが正しかったからだ。しかし、その後も繁盛し続けたのは山本が必死に腕を磨《みが》いて私の料理に劣らないモノを作れるようになり、その後も創作料理でお店を盛り上げ続けたからだ。忙しい日だって何度も共に乗り越えたしな。その功労者である山本を解雇するなんて私には考えられないよ」

正直それは、藤咲さんのおかげだ。

藤咲さんがずっと俺の料理の練習に付き合ってくれたし、フランスで学んだ技術を惜《お》しみなく俺に教えてくれた。

俺の成長を自分のことのように喜んでくれた。

だからこそ、『1年間アメリカに行ってきます』なんて言うのはとても勇気が要《い》る。

だって、俺がいない間キッチンで料理が作れる人が一人減ってしまうわけだから、代わりでもいないと藤咲さんの負担が今以上に大きくなってしまう。

そう考えていたら藤咲さんは話を続けた。

「コンサルタントは『代わりにもっとマシなシェフを見繕《みつくろ》ってやる』とまで言ってきたが、現場で山本がどれだけ周囲を助けているのか知らないんだ。料理の腕だけじゃない、その……山本と仕事をしていると、なんて言うか……」

「――俺の代わりを？　あぁ、それならちょうど良かったです」

アメリカで1年間治療を受ける俺は藤咲さんの前半の話を聞いて、つい反射的にそう答えてしまっていた。

それを聞いた藤咲さんは赤くしていた顔を真っ青にする。

「『ちょうど良かった』だと!?　ど、どういうことだっ!?　山本は店を辞めるつもりだったのか!?　だ、誰かに何か悪口を言われたのか!?　教えろ！　私がそいつを黙らせてやる！」

「――ち、違いますよ！」

「じゃあ、給料か!?　わかった、ボーナスを渡そう！　もともと私はお金なんてほとんど使わないからな！　貯金から欲しいだけくれてやる！　だ、だから辞めるのはもう少しだけ考えてくれないかっ？　なっ!?」

「だ、だから、辞めません！　その……凄《すご》く言い出しにくくなってしまったのですが……」

俺は藤咲さんに治験のことを話した。

ここまで頼りにされていたとは思わなかったので、もしかしたら大反対されてしまうかもしれない。

──そう思ったが、俺の話を聞いた藤咲さんは今まで見たことがないくらいの笑顔になった。

「そうか！　山本の病気の治療ができるのか！　やったな！　私も凄く嬉しいぞ！」

「で、ですが、お店を一年も空《あ》けることになってしまうのは──」

「店のことは何も心配いらない。山本は向こうでの治療に専念してくれ！　ちょうど、腕の良いシェフも来るらしいからな！　あはは！」

藤咲さんはそう言って笑い飛ばす。

さっきまであれだけ不満を漏《も》らしていたのに、俺の身体《からだ》の治療のために藤咲さんは全部受け入れようとしているようだった。

本当に申し訳ない気持ちだ、帰ったら何か埋め合わせをしたいと強く思った。

「そうだ、山本には妹がいるだろう？　一緒に連れて行くのか？」

「いえ、できるだけアメリカでかかる費用を抑えたいので日本に残ってもらおうと考えています。立て替えていただくお金なので……流石《さすが》に一人暮らしはさせられませんからどうしようか考えているのですが」

「なら、私の家で預かろう！」

「えぇっ!?　そ、そこまでご迷惑をおかけするわけには――――！」

「寂《さび》しい独《ひと》り暮らしだからな、むしろ大歓迎だ！　家もすぐ近くだからそのまま学校も通えるだろう。山本の妹はまだ会ったことがないから楽しみだな～。山本に似て大きい子かな？」

すでに預かる気になっている藤咲さん。

正直こんなに好条件な預け先はないだろう。

俺はもう本当に土下座《どげざ》したいくらいの気持ちでお願いさせていただくことにした。

こうして、思わぬ形で彩夏《さいか》の預け先とバイト先の問題も解決したのだった。

彩夏を預かっていただく話を始めると、藤咲さんは先ほどまでの不機嫌が嘘《うそ》みたいな上機嫌になった。

「私の家はマンションの最上階だからな、山本の妹を預かる上でのセキュリティはバッチリだ！　そうだ、帰ってきたら山本も一緒にウチで暮らすのはどうだ？　家賃が浮くぞ？」

「あはは～、さ、流石に女性の家に転がり込むわけには……」

「山本なら大丈夫だ、信頼しているからな。それに私としても――――」

カランカラーン！

藤咲さんの話の途中で誰かが開店前のお店の正面入り口を開け放ち、入ってきた音がした。

そして、同時に甲高《かんだか》い笑い声が聞こえてくる。

「おーほっほっほっ！　ここが不摂生《ふせっせい》極まりない料理人が料理を作っているお店かしら!?　せ

っかくミシュラン一つ星なんて不相応な栄誉を頂いたのに、これじゃあ台無しですわね～！」

お店の奥から様子を見に駆けつけた俺と藤咲さんが目にしたのは、勝ち誇ったような表情で笑う縦《たて》ロールが特徴的な若い女性の姿だった。

彼女は俺たちを見てさらにニヤリと笑う。

「あら～？　あらあらあら～？　藤咲じゃない～？　ここ、貴方《あなた》のお店でしたの～？　どうりで、飾り気のない地味なお店だと思いましたわ～！　お隣にいるのが例の料理人ですのね～。見るだけで食欲も失《う》せますわ～！」

言いたい放題なわざとらしい彼女の態度を見つつ、俺は藤咲さんに尋ねた。

「藤咲さん、お知り合いなんですか？」

「残念ながらな。こいつは私と一緒にフランスで修行していた料理人、倉持亜夢《くらもちあむ》だ。私と同じように日本から来ていて、私の先輩にあたる人だったが……」

藤咲さんはため息を吐く。

「こいつは男漁《あさ》りばっかりで全然料理の腕を上げなくてな、私の方が先に上達して店を構えられるようになってしまったよ」

「シャラップ！　お黙りなさい！　藤咲、どうせ貴方のことだからオーナーチーフに色目を使ったに決まっているわ！　私が声をかけるシェフの男どもはみんな貴方に夢中でしたから、きっと同じようにしたのでしょう！」

「馬鹿言うな、あれは私も困っていたんだ。料理と関係ない話や誘いばかりだったからな。毎晩、仕事を終えるとホテルの鍵《かぎ》を渡されて迷惑だったぞ。やめてほしいと言っても聞かないしな」

「そ、それは凄《すさ》まじいモテ方ですね……」

「なんて羨《うらや》ましい……！」

倉持さんはハンカチを食いしばる。

フランス修業時代の藤咲さんのお話を聞いて俺は納得する。

やはり向こうでも通用してしまう美貌《びぼう》らしい。

「だからホテルの鍵は欲しがっていた飲み友達のキャンディーちゃんに渡してたんだ。キャンディーちゃんは筋骨隆《きんこつりゅうりゅう》々の男性だが心は可愛い肉食系の乙女《おとめ》でな、出会いを求めていたからきっと楽しい夜を過ごせたと思うぞ」

「ええ……っと……それは……」

「ファッーク！　あんたのせいで、みんな翌日は泣きながら料理を作ってたじゃない！」

「業務中、私のお尻も許可なく何度も触られていた。あいつらも少しは痛い目をみるべきだろう？」

藤咲さんは一切悪びれない様子で腕を組んだ。

確かに、藤咲さんにセクハラをしていたのならそれくらいの痛い目は覚悟してもらわないと……少し可哀想《かわいそう》ではあるけど。

縦ロールの彼女、倉持さんは藤咲さんのモテ話を聞いて悔しそうにしていた表情を変え、再び余裕の笑みを見せた。

「ふふん、でも藤咲。貴方の活躍もここまでよ。なぜなら、貴方のお店のすぐそばに私もフレンチレストランをオープンするからね！」

「ええ!?　そんな、ライバル店じゃないですか！」

「倉持、お前の料理の技術はどうせ未熟なままだろう？　私の店に敵《かな》うとは思えないが？」

藤咲さんの発言に倉持さんは大笑いした。

「相変わらず職人気質《かたぎ》で頭が固いのね、藤咲！　今やお客さんは味よりも情報を見てお店を訪れるの！　ネットで調べた時に出てくる評価やお店の雰囲気《ふんいき》、店員の顔ぶれを見てお客さんは足を運ぶのよ！　ミシュラン一つ星は確かに凄いことだけれど、調べた時に出てくる雑誌の話題やそこのおデブちゃんの写真で入店は躊躇《ちゅうちょ》するはずよ！」

確かに、倉持さんの言うことも一理あると思った。

情報収集が容易な今どきのお客さんたちは過度に失敗を恐れている。

ましてや高級フレンチだ、特別な日に来店するのであれば慎重にもなるだろう。

さらに悪いことに藤咲さんを目当てに来た客は追い返された腹いせに『ラ・フォーニュ』のネットでの評価を荒らしまくっている。

店主の態度は最悪だとか、何もしていないのに追い出されたとか、嘘にまみれた評判だ。

今回週刊誌に出た、美人オーナーシェフとはかけ離れたイメージである俺の画像が目に入ったら新規のお客さんの店選びの選択肢《し》から完全に消されてしまうだろう。

「倉持、まさかお前が山本を盗撮して週刊誌に情報を……？」

「さぁ〜、何のことかしら〜？」

藤咲さんが睨《にら》みつけるも、倉持さんは涼《すず》しそうな表情で受け流した。

「それと、ウチはフランス人のイケメンシェフやウエイターを揃《そろ》えているわ。本場の人が作っているならお客さんもこっちに来るわよね〜」

「どうせ、料理の道を半《なか》ばで諦《あきら》めたような奴《やつ》らをお前がそそのかして連れてきたんだろう？そもそも、見た目や人種なんてどうでも良いことじゃないか」

「あはは、藤咲ってば本当に経営のことを何も知らないのね。貴方自身もビジュアルでお客さんを呼び込んでるくせに、無自覚なのがタチ悪いわ。どう言葉で取り繕ってもこの世は外見至上主義、外面重視なのが現実よ」

倉持さんは勝手にお店の席に座り、偉そうに脚《あし》を組む。

「せっかくだから、少し教えてあげる。この辺《あた》りは女性向けブランドのアパレルショップが軒《のき》を連ねていて、有名な原宿《はらじゆく》系ファンシーショップもある。すぐ近くの名門女子大に通う女子大生も通る道だしね。つまり、多くの女性たちがイケメンを求めているのよ！」

確かに、俺もそれは感じていたことだった。

実際、ホストクラブのようなお店も近隣にでき始めている。

この町は女性の繁華街《はんかがい》となりつつあるのだ。

「まぁ、こんなことを言っても藤咲にはわからないでしょうね。現代人にとって料理人の腕前なんて二の次よ。値段と評判、本場の雰囲気さえあれば良いの。ウチはウチのやり方でアンタの店をぶっ潰《つぶ》してやるわ！」

倉持さんはそう言うと立ち上がり、お店の扉に手をかける。

「まぁ、1年後くらいには結果は出ているでしょうし。せいぜい楽しみにしておくことね」

それだけ言い残すと、お店を出て行ってしまった。

藤咲さんはエプロンを腰に巻きながらやれやれといった様子でため息を吐く。

「山本、出国前に変な奴に絡《から》まれてしまったが君が気にすることはない。お店も山本が帰国した後、気兼《きが》ねなく復帰できるように私から根回しをしておくさ」

「そ、そうですか……」

「さぁ、今日のお店の準備を始めよう！」

正直、倉持さんが言っていた経営戦略は的《まと》を射《い》ている部分もあると思う。

時代は変わった、味を知ってもらうには情報を制する必要が出てきた。

トレンドに敏感な若い女性が多いこの町で、職人気質な藤咲さんのお店では1年後に本当に大ピンチを迎えてるのではないだろうか……なんて、俺なんかが心配してしまったのだった。

第6章『飛べない豚はただの豚』

——出発日、当日。

「お兄ちゃ〜ん！　早く早く〜！」

国際線のロビーで白いブラウスを身にまとった彩夏《さいか》が俺を急《せ》かす。

大きめのトランクをガラガラと引きながら俺はその後をついて行った。

中身はほとんどが着替え、それと足代《あじろ》先輩に押しつけられ——有難くいただいた同人誌だ。

流石《さすが》に置いて行くわけにはいかないのでお守り代わりに持ってきている。

何か役に立つことがあるだろうか。

「彩夏、そんなに慌《あわ》てなくても出発の時間まではまだまだ余裕だぞ〜？」

「お兄ちゃん、地球温暖化によって海面の上昇は深刻化しているの。早く行かないとアメリカ大陸が沈んじゃってるかも！」

「あはは、その場合は是非《ぜひ》とも俺が到着する前に沈んでおいてほしいな。いや、俺が着いたら重みで沈むかもしれんが」

デブジョークを交えつつ妹と談笑する。

空港に来るのが初めての彩夏にとっては目新しいモノだらけらしい。

はしゃぎまわっては瞳《ひとみ》を輝かせて色んな物を見て回っていた。

「欲しいモノがあったら何でも言っていいんだぞ〜」

「ええ〜、でも高い物ばっかりだし……ほら、あのぬいぐるみなんて豚《ぶた》バラ肉３００gが定価で買えちゃうよ！」

「いやいや、そんなの気にしなくていいから。遠慮なく大きいのをドーン！　と言ってくれ」

「え〜と、じゃあ！　あの飛行機が欲しいなっ！」

「言っていいとは言ったが、買ってやるとは言ってないからな〜」

「あっ、ずる〜い！」

「お兄ちゃんを困らせようとするからだ」

妹の膨《ふく》れっ面《つら》を見て俺は笑う。

急に何かを見つけた彩夏は俺の腕を強く引いた。

「あっ！　ここでプリクラが撮れるんだってさ！　お兄ちゃん、一緒に撮ろう撮ろう！」

「それは別にゲームセンターにもあるんじゃないか？」

「だって、お兄ちゃん一緒に行ってくれないじゃん！　一緒に出かける時はいつも人通りが少ない場所ばっかり！」

「彩夏、お兄ちゃんがお前と一緒に歩いてるとお巡《まわ》りさんにマークされてしまうんだ……」

「そういえば、そうかも……」

まぁ、こんなに醜い男と美少女が歩いていたら当然ですよね。

お勤めご苦労様です。

彩夏に腕を引っ張られてプリクラの中へ。

最近のプリクラはとても大きい、部屋と呼んでも差し支えのないレベルだ。

何度か友達と撮ったことがあるのだろうか、彩夏は撮る前にプリクラの設定をいじる。

「補正は無しに設定して……と。これなら写真と変わらないのが撮れるよ！」

「補正って、顔を美人にしてくれるんだろ？　なんで無しにするんだ？」

「お兄ちゃん、人間はありのままが一番美しいんだよ」

俺の質問に彩夏は人差し指を振りながら誤魔化《ごまか》す。

恐らく、すでに瞳がパッチリとしていて大きい彩夏の瞳がさらに大きく補正されてえらいことになるんだろう。

美人ほど損《そん》をする、それがプリクラである。

そうして、彩夏と一緒に何枚かプリクラを撮った。

「あはは！　お兄ちゃんの変顔最高～！」

「そうだろ～？　彩夏はまだまだだな～、もっと腕を磨《みが》くが良い」

プリクラを撮り終え、俺の渾身《こんしん》の変顔を見て彩夏はお腹《なか》を抱えて笑う。

彩夏も変顔をしようと頑張っていたが、残念ながらどう足掻《あが》いても美少女だった。

「顔を見て笑われるのが嬉《うれ》しい時がくるとはなぁ」

「お兄ちゃんを見て笑う奴《やつ》がいたら私がやっつけるから任せて！」

「今、目の前にいるんですけど」

彩夏は大切そうにプリクラをカバンにしまうと俺の腕に抱きついた。

俺もプリクラを財布《さいふ》にしまって大切にする。

「この写真があれば、アメリカにいる1年間も寂《さび》しくなさそうだな」

俺がそう言うと、彩夏は満面の笑みで俺に応《こた》えた。

「そうだね！　1年間――あっ」

彩夏の瞳から不意に涙がこぼれる。

「あはは、違うのこれは……め、目にゴミが入っちゃって……！」

顔は笑顔のままだが、彩夏の瞳からは涙が止まらなかった。

きっと、ずっと我慢《がまん》していたのだろう。

俺はハンカチを取り出して彩夏に手渡す。

「彩夏。いいんだよ、強がらなくて」

「私、ダメな妹だね。本当はお兄ちゃんを笑顔で送り出そうって覚悟を決めて来たつもりだったんだけど……」

「大丈夫、彩夏の気持ちは伝わってる。きっと1年なんてあっという間だよ」

彩夏は俺にギュッと抱きついた。

ずっと二人で生活してきたんだ、そりゃ寂しいよな。

「お兄ちゃん、気をつけて行ってね。藤咲《ふじさき》さん、凄《すご》く良い人だし私のことは何も心配いらないから」

「おう！　1年後には俺もスリムな体型に生まれ変わって帰ってくるからな！」

「あはは！　もしイケメンになってたら私、いっぱい甘えちゃお～かな～！」

「こ、心だけはイケメンってことで……！」

全く自信のない俺はそう言って誤魔化す。

「え～、それじゃあ今と何も変わらないじゃ～ん！　そうだ、帰ってきたらもう一度写真を撮ろ！　見比べるの！」

「そんなハードルの上げ方をされた後に写真は残酷だろ～」

「私、それを持って高校の友達に自慢して回るんだから！　覚悟しておいて！」

「本当にやめてください。晒《さら》し上げだけは……！」

出発時刻ギリギリまで空港のベンチで彩夏と二人でふざけ合った。

本当はこのまま彩夏とずっと話をしていたい。

そんな願望をどうにか断ち切って俺は立ち上がる。

「じゃあ……行ってくる」

「うん、お兄ちゃん」

いつも、俺と歩く時は絶対に隣をついて回ろうとする彩夏がベンチから立たなかった。

その代わりに、迷いも不安も吹っ切れたような笑顔をくれた。

「——行ってらっしゃい」

俺はアメリカへと飛び立った。

◇◇◇

アメリカ南部、サウスビーデンの大学付属病院。

身体《からだ》の重みで飛行機が墜落《ついらく》することもなく、無事にアメリカに到着した俺は蓮司《れんじ》さんにもらった紹介状を頼りにこの巨大な病院の一室に招かれていた。

紹介されて、目の前にいるのは大きめの白衣を身に着けた美人な女性のお医者さん。

日本人で、名前は柏木百合《かしわぎゆり》さんだ。

年齢はなんと俺と同級生の16歳。

渡米した後、飛び級で卒業して医薬品開発者になり、開発した『DeBS《デブス》』の新薬の治験を自ら担当したいと申し出て今に至《いた》るらしい。

何ともアメリカらしい天才話だ。偉そうな態度も頷《うなず》ける。

そんな彼女が綺麗《きれい》な脚《あし》を組んで気だるげに英語で話す。

「〝お前には、地獄を見てもらうことになる〟」

「——え？」

俺は彼女の正面の椅子《いす》に座りながら聞き返した。

きっと彼女の綺麗な脚や顔に見惚《みと》れてしまっていたせいで聞き間違えたのだろう。

hell《地獄》とhealth《健康》を間違えたとか、そんなオチだろう。

「〝すみません、英語はまだ未熟で……。日本語だとどういう意味になりますか？〟」

俺がたどたどしい英語で尋《たず》ねると、今度は流暢《りゅうちょう》な日本語で返してくる。

「『お前には、地獄を見てもらうことになる』だ」

「……じゃあ、フランス語では？」

「残念ながらどの言語でも同じさ。意味は変わらない」

「いくつかの言語を経由すれば英語に戻ってきた時に多少はマシになっているかもしれないと思いまして」

「『地獄』の部分が『天国』に変わっているかもしれないが、そうなるともう手遅れだな」

本場のアメリカンジョークのようなモノを聞きつつ、俺は治療について詳《くわ》しく聞くことにし

た。

　柏木さんは面倒《めんどう》そうに口を開く。

「『吸水性肥満化症候群《DeBS》』はその名の通り水分を吸って脂肪《しぼう》が膨張《ぼうちょう》する病気だということは知っているな？　これは確かに私の作った薬によって改善することができるだろう」

　タバコの代わりだろうか、日本の駄菓子であるラムネ・シガレットを咥《くわ》えて柏木さんは話を続ける。

　何だか懐《なつ》かしいなと思いつつ俺は静かに聞いた。

「だが、脂肪から水分を押し出す作業は君自身の身体で行わなければならない。身体の内側から燃焼して発汗《はっかん》する。つまり、運動が必要だ」

　柏木さんは次に机から取り出した複数枚の過去の被験者と見られる者たちの資料を広げて見せてくれた。

　紙にはいずれも『retired《リタイア》』と印字されている。

「生半可《なまはんか》な運動では薬の効果は発揮《はっき》されない。また、長引くと薬自体の効果も効《き》きが悪くなってしまう。DeBSの患者はその見た目のせいで9割以上が引きこもりで、運動などロクにしてこなかった人間だからな。それがいきなり飲み物の制限を課されて毎日激しいトレーニングだ」

　柏木さんはラムネ・シガレットを口から離すと、煙でも吐き出すかのようにため息を吐いた。

「――ご覧《らん》の通り、すぐに治療を挫折《ざせつ》してしまう。今まで、最後までやりきれた者がいないんだ」

柏木さんの言う、『地獄』の意味が少しわかってきた。

苛烈《かれつ》そうな治療内容を聞き、自分の顔色がどんどんと悪くなるのを感じる。

「――とはいえ、途中で治療を挫折しても無駄になるわけじゃない。DeBSはそのまま放っておけば長くは生きられない難儀《なんぎ》な病気だ。完治には至らなくともやらないよりはマシではある」

「あっ、やっぱりそうなんですね。珍《めずら》しい病気だからと俺を診断してくれたお医者さんも詳しくなくて。人より長く生きられないのは何となくわかっていましたが」

「お前の場合、症状の進行も早いみたいだしな。私の見立てだとあと20年も生きられなかっただろう。命拾いしたな」

「…………」

思わず絶句した。

え？　俺そんなに早く死ぬところだったの？

40歳を迎えられずに死ぬところだったの？

正直そんなに深刻だとは思っていなかった、身体の痛みとかもなかったし。

というか俺を診断した医者もちゃんとそういうところを調べてほしかった。

今回の肥大症《ひだい》の新薬を開発したのは柏木さんなので、正しくそのまま命の恩人ということになる。

「辛《つら》そうな治療内容を淡々《たんたん》と話されて、正直悪魔のように見えていた柏木さんが急に天使のように見えます」

「安心しろ、すぐまた悪魔に逆戻りだ。なんて言ったって、これからお前の面倒は私が付きっきりで見るからな」

「あはは……確かに優しくはなさそうですね……」

「……私がどんなに優しく接してもトレーニング内容は厳しいからな。完璧《かんぺき》な体質改善——つまり完治させるには私が計算したトレーニングを全《すべ》てこなす必要がある。詳しくはお前の身体データを取ってからだが……辛い治療だ、すぐに音《ね》を上げることになるだろう」

柏木さんは過去の被験者の資料を元のファイルに戻しながらそう言った。

とても辛い治療になる……。

柏木さんにそう言われたが、俺は諦《あきら》めるわけにはいかなかった。

千絵理《ちえり》が俺を家に連れて行ってくれて、蓮司さんが俺に与えてくれたチャンスだ。

絶対に無駄にはできない。

そしてなにより——。

「やるからには俺は完全にやり遂《と》げたいです。蓮司さんから聞きましたが、今回俺が成功すれば日本でも薬の認可が下りるらしいじゃないですか。だったらそのためにも頑張りたいです」

俺がそう言うと、柏木さんの瞳の色が変わったような気がした。

なんていうか、疲れ果てているかのようなハイライトのない瞳に光が灯《とも》ったような――。

「……君はそんな気持ちで今回の治験に挑《いど》むのか？」

「えっ、何か変なこと言いましたかね？」

柏木さんは首を横に振った。

「いいや、大層ご立派《りっぱ》だと思ってね。DeBSなんて病気は理不尽の塊《かたまり》のようなモノだ。世間《せけん》からは自身の不摂生《ふせっせい》が原因の『肥満』だと思われ、自業自得《じごうじとく》だと嘲笑《ちょうしょう》されイジメの対象にされる。患者はみな自分のために必死になるし、大抵《たいてい》は性格が歪《ゆが》んでしまうモノだから」

「た、確かにそれはわかります……俺も割とそういう人生を歩んできましたから」

「日本には差別がないと言われているがそれは大きな間違いだよ。外見至上主義《ルッキズム》という差別は世界中に蔓延《まんえん》している。むしろ比較的単一民族国家に近い日本にとってはひと際大きな現象となっているんじゃないか？　違いを認める文化がないからこそ問題に気がつきにくい。少しでも何らかの形で問題提起をすることができれば――」

そう言いかけると、柏木さんは自省するように頭を振った。

「話が逸《そ》れたな、私の悪い癖《くせ》だ。話が長いのもな」

柏木さんが何となく疲れているように見えるのは、今までの患者さんたちがみなDeBSのせいで性格に難があったからなのだろうか。

俺が自暴自棄《じぼうじき》にならずに済んだのは彩夏がずっとそばで励《はげ》まし続けてくれたおかげだろう。

「とにかく、これから治療が始まって、それがどんな結果であれ終了するまでは、お前はこの病院内で生活することになる。飲食の分量、新陳代謝《しんちんたいしゃ》と運動強度など細かくデータを取らせてもらうから間食も外出も禁止だ」

「うへぇ……」

俺のアメリカでの生活は、自由の国とはかけ離れた軟禁《なんきん》状態で開始されるようだった。

「これからだが……まず、最初はデータ収集だ。お前の身体検査をさせてもらいつつ軽いトレーニングをし、薬との相性を調べさせてもらう」

「すぐに地獄のトレーニング開始というわけじゃないんですね、少し安心しました。さてどうやってここから逃げ出そうか……」

俺の冗談を聞いて、柏木さんは少しだけ笑ってくれた。

「残念、私からは逃げられない。それと、水分の摂取制限は明日から始めるぞ。一日2.5ℓまでだ。意外と多いように感じるかもしれないが……まぁ、すぐに思い知るさ」

柏木さんは「それから――」と付け足すと、机の上に置いてある彼女の肩幅くらいの大きさの箱から一冊の本を取り出して俺に手渡した。

表紙は全て英語で書かれていて、パラパラとめくると単語の意味も簡単な英語で書かれていた。

英英辞典のようなモノだろう。

「英語のお勉強だ。指示書やこれから目にするもの、病院内での会話は全て英語だからな。私がいちいち翻訳《ほんやく》するのも面倒だ。その単語帳は私も使っていたモノで、全て覚える頃には日常会話で知らない単語が出てくることはほとんどなくなるだろう。2週間で全て覚えられるな？」

「……オーマイガー」

柏木さんみたいな飛び級をするほどの天才少女の感覚で言われても困る。

2週間……フォートナイト……短すぎる気もする。

「まぁ、でも勉強は嫌いじゃないので大丈夫です。どうせこっちにいる間に英語も覚えようと思っていたので」

「この病院の患者は暇《ひま》を持て余しているからな、英会話はし放題だ。あまり迷惑はかけないように」

「ですが、俺はこんな見てくれですし……話したがらない人も多いんじゃないですかね」

「ここは肥満大国アメリカだぞ？　１３０キロの男性なんて別に珍しくもない。顔が悪いのは

……悪口を学べる良い機会じゃないか」

「……メンタル治療もお願いしますね」

「そんな冗談が言えるなら大丈夫だ。ついでにアメリカンジョークも学んでくると良い、才能

がありそうだ。それに……」

柏木さんは俺の顔をじっと見つめる。

「……私は今の君の顔もわりかし好きだぞ？」

早速《さっそく》メンタルケアをしてくれたのだろうか。

そんな冗談を言いながら柏木さんは俺からまた単語帳を取りあげて箱に戻した。

その箱を俺に持たせて椅子から立ち上がる。

「さて、君が入院する部屋に案内しよう。ついて来てくれ」

◇◇◇

「ここが、入院中に君が滞在する部屋だ。生活に必要な物は一通り揃《そろ》えてある」

「す、凄い……！」

入院する部屋はなんと俺がもともと彩夏と一緒に住んでいたアパートの一室よりも大きく、床が軋《きし》む音もしない。

「疲れているだろう？　今日のところは休んでくれ、検査は明日からだ。それと、君に持たせた箱の中には英語の学習教材が色々と入っているから活用したまえ」

そう言われて、俺は箱を開く。

確かに、自習に使えそうな教材が沢山《たくさん》入っていた。

退屈しないように面白《おもしろ》そうな英語の小説も入っている。

しかし、どうしても気になる異物を指さして俺は尋ねた。

「……この、大量に入っている駄菓子は何ですか？」

「これはラムネ・シガレットといってな。シガレットはタバコという意味だ。つまり、タバコに似せて作られた筒状のラムネ菓子で、食べるととても美味《おい》しい」

「いえ、そのお菓子は知ってます。俺も子供の頃はよく持ち歩いて食べてました。なんで勉強道具と一緒に入っているのかと思いまして」

「ラムネ菓子の原料はブドウ糖、コーンスターチ、クエン酸だ。勉強のお供《とも》にちょうど良いし、とても美味しい」

「はぁ……」

「舐《な》めていれば唾液《だえき》が出るからな、これから水分制限される中で喉《のど》の渇《かわ》きも多少は緩和《かんわ》されるだろう。しかもとても美味しい」

「美味しいことはとてもよくわかりました」

「なら十分だ」

どうやら、俺にこの駄菓子を布教したいらしい。

なんていうか、〝圧《あつ》〟が凄い。

柏木さんは俺を部屋に残して出てゆく。

「明日は朝の7時から検査だ。夜はちゃんと寝て、寝坊はしないように。よく眠れるといいな」

手をヒラヒラと動かして別れの挨拶《あいさつ》をすると、柏木さんは扉を閉めた。

——翌日の朝。

検査場に連れてこられた俺は柏木さんが用意した丸いシールのようなモノを体中に貼《は》りつけられた。

このシールには電子チップが埋め込まれており、心拍数や汗《あせ》の量なども測定してくれる代物《しろもの》らしい。

それをつけたまま、俺は指示されたとおりに走り込み、スクワット、ダンベルなどのトレーニングをこなす。

その様子を観察しながら、柏木さんは感心したように顎《あご》に手を添える。

「ふむ、お前はもともと運動をしているな。他の被験者は大抵この時点でかなり辛そうだったが。お前はまだまだ大丈夫そうだ」

「はい、アルバイトもしてましたし。走り込みも……諸事情で毎日やっていましたので」

まさか、日々のイジメがこんな風に役立つとは……。

絶対に感謝はしないけど。

「そうか、それは大いに結構。さて、これらの情報を元に君のトレーニングメニューを確定していく。測定結果が出るのは2週間後だ」

「あっ、だから2週間で英単語を全て覚えるように言っていたんですね」

「あぁ、トレーニングが始まったら勉強どころじゃないからな。知らない言葉も一度脳に入れてしまえば後は会話していくうちに覚えていくさ」

「うへぇ、じゃあ絶対に覚えないとですね……自信ないなぁ……」

「まぁ、私は日本語で話しかけるからあまり支障はないが……どれくらい習得するかはお前に任せるよ」

◇◇◇

——そうして、2週間後。

とある病室で俺は入れ墨《ずみ》だらけの怖いお兄さんたちに囲まれていた。

その中心で、俺は今までしていた話の続きを語り出す。

「〝——その看護師は大慌てで医者に言いました。『先生、大変です！　今、先生の診察を受けた患者さんが病院を出た直後に倒れて亡くなりました！』と〟」

「〝それで、医者はなんて言ったんだ？〟」

「〝医者はこう言いました。『大丈夫、患者が倒れた向きを反対方向にしておきなさい。彼は残念ながら、あと一歩のところで病院にたどり着けなかったんだ』とね〟」

俺の話を聞いて、病室中がドッと笑い声に包まれる。

2週間で俺は英語とアメリカンジョークをある程度モノにしていた。

正直、発音などはまだまだ下手くそなのだが人は見た目によらないモノで、この怖そうなお兄さんたちは俺のたどたどしい英語を根気強く聞き取って毎日話に付き合ってくれたのだ。

そして流石はアメリカ人、とてもリアクションが大きくて話のし甲斐《がい》がある。

そんな笑い声が響き渡る病室、開け放たれた扉の外。

頭を痛めたような呆《あき》れた表情で俺を見つめる柏木さんを目にして、俺はその場を切り上げる。

「〝すみません、呼ばれているみたいです。今日も付き合ってくださり本当にありがとうございました〟」

みなさんに頭を下げると、そのリーダー的な存在であるジョニーさんが親指を立ててニカっと笑う。

「〝いいんだよ、兄弟《ブラザー》！〟」

「〝そうそう、俺たちも退屈が紛《まぎ》れて良かったぜ！〟」

「〝毎日英語が上達していくお前を見てるのが楽しくてな！　元気でたぜ！〟」

「〝また明日も遊びに来いよな！〟」

差し出された拳《こぶし》に拳をぶつけて挨拶を返しつつ、俺は申し訳なさそうな表情を作る。

「〝ええと、明日からは忙しくなるかもしれません……。治験が始まるので〟」

「〝なんだ、そうなのかよ。頑張れよ！〟」

「〝じゃあ、ほれ。俺たちの連絡先だ、何かあったら連絡をくれ〟」

「〝そうそう、お前はもう俺たちのファミリーだからな〟」

ファミリー……マフィア的な意味でだろうか。

いや、アメリカならギャングか。

どちらにせよ、こちらから連絡を取る勇気はない。

盛大に送り出されて俺は病室の外の柏木さんのもとまで歩いて行く。

「本当にアメリカンジョークまで覚える必要はなかったんじゃないか？　しかも、病院で話す内容としては最悪だな」

「せっかく付き合ってもらっているので、せめて楽しませてあげたくて……」

「英語はなかなかサマになっていた。それはそうと、私のあげたラムネ・シガレットは彼らに横流ししてないだろうな？」

「そんな、違法薬物みたいな言い方しないでください。あげていませんし、変なモノも渡されてないので安心してください」

柏木さんと話しながら歩いていると、今度は中庭のおじさんから声をかけられた。

「〝おーい、ルカ！　今日も手伝ってくれよ！〟」

「今度はなんだ？」

「すみません、実はこの病院のガーデナーさんのお仕事をよく手伝っていまして……〝ごめんなさーい！　今日は予定があるんです！〟」

俺が断ると、間髪《かんはつ》入れずに今度は廊下の向こう側から歩いてくるナースさんに声をかけられた。

「〝ルカ！　捜してたのよ！　ベッドを運ばなくちゃいけないんだけど、重くて誰も持てないの！　悪いけどまた手伝ってくれる？〟」

「〝わかりました！　後でお伺《うかが》いしますね！〟」

その後も何人かの病院の人たちに声をかけられて、柏木さんは呆れ顔で俺を見た。

「お前、患者なのにどんだけボランティアしてるんだ」

「すみません、困ってる人は見過ごせなくて……。それから何度も頼られてしまうんです」

「全く、お人よしもほどほどにしておけ。しばらくお前は私と付きっきりになるからちゃんと断っておくんだぞ」

「……ということは」

「検査結果が出た。今日からお待ちかねのトレーニングだ」

「ワーイ、タノシミダナァ」

こうして、楽しい２週間の猶予《ゆうよ》期間を終えて俺の地獄は始まるのだった。

◇◇◇

柏木さんは俺を自分の診察室に連れてきて椅子に座らせると、綺麗な脚を組んで正面の椅子に座る。

柏木さんのデスクの上は、俺が初日に来たときとはうって変わって資料で埋もれていた。

俺が英語の勉強で四苦八苦している間も柏木さんはデータの分析《ぶんせき》をしてくれていたらしい。

その中の一枚の資料を手に取り、柏木さんは説明を始める。

「さて、検査の結果。良い知らせと悪い知らせがある。どちらから先に聞きたい？」

「おぉ、アメリカっぽい言い回しですね。じゃあ、良い知らせだけで結構ですよ」

そうはいかないとわかりつつ、俺は聞く。

「良い知らせは、君は人より汗をかきにくい体質だ。よかったな、清潔感があると女の子にモテるぞ」

「それ以外に壊滅的なモテない要素がてんこ盛りなんですが……」

今更《いまさら》、清潔感ごときでは取り返せない悲モテの肉塊《にくかい》は小さく泣いた。

「さて、悪い知らせはその発汗作用についてだ。汗が出ないということは、君の場合、脂肪から水分を追い出すのに人より苦労するということになる。つまり、トレーニングは通常の被験者よりも厳しくなるな」

「うげっ!? た、ただでさえみんな挫折してる厳しいトレーニングなんですよね？」

「正直、ここまで治療に適合しないケースは稀《まれ》だ。私も必要なトレーニング内容を算出して目を疑ったよ」

「……俺が『もう殺してくれ』と言ったらひと思いによろしくお願いいたします」

「まぁ、そうおっしゃるなよ。私も可能な限りサポートするさ」

柏木さんは俺の肩をバシバシと叩《たた》いて励ましてくれるが、俺は落胆《らくたん》の色を隠せなかった。

ただえさえ苦手な運動……それがさらにキツくなるなんて……。

そんな俺の様子を見て、少し考えた末に柏木さんは探り探りといった様子で語り出す。

「そうだな……もしも、お前がこんな体質にも拘《かか》わらず完全に治療をやり遂げ、私がデータを取れたなら、日本での薬の認可は大きく前進するだろうな。何せ適性最低値でのサンプルデータになる」

「おぉ、そうなんですか!? なら、頑張ります！」

確かにその話を聞いて、悪くないと思った。

他の病気に比べると少ないとはいえ、聞いた話だと日本でもDeBSの患者は一万人くらいはいるはずだ。

その人たちのためにも頑張りたい。

薬の認可について、俺はふと思ったことを聞いてみる。

「そういえば、この肥大症の新薬を作ったのは柏木さんですよね？　やっぱり柏木さんも日本での認可を求めているんですか？」

「……なぜ、わざわざそんなことを聞くんだ？」

「いえ、柏木さんが俺のために一生懸命やってくださっているのはわかるのですが、あまり柏木さん自身は薬の認可について話したがらないご様子だったので」

さっきもそうだ、落ち込んでいる俺を見て何とか励まそうと仕方なく話し出した感じがした。

柏木さんはまた少し考えながら俺の顔を見る。

やめて、そんなに良い顔で見つめられると好きになっちゃうから。もうなってるけど。

アホみたいな理由でドギマギしている俺の心情なんか知る由《よし》もなく、柏木さんは語り始めた。

「お前の治療に私の個人的な事情まで関《かか》わらせるつもりはない。本当は日本での認可の話もしない方が良いと思っていたんだ。お前が自分のためだけに治療に専念できるようにな。期待は重荷になる、トレーナーの私が重りを増やしてどうすんだ」

なるほど、柏木さんなりの俺への配慮だったらしい。

しかし、彩夏にもよく言われるが俺は自分のことには無頓着《むとんちゃく》だ。

普通の人だったらプレッシャーになってしまうかもしれないが、俺の場合はむしろ人のためと言われるとモチベーションになる。

「結果的に話してしまったがな、すまなかった。どうか気負わずにやってくれ」

「気にしないでください。俺にとっては励みになりましたし」

「……お前はそういう奴だったな。早速、着替えて運動場に向かおう。お前の身体能力を見せてもらうぞ」

「うぅ……笑わないでくださいよ……？」

俺は重い足を引きずって柏木さんと一緒に運動場へと向かった。

◇◇◇

体操着に着替えた俺は、柏木さんと共に運動場の陸上トラックの横に集合した。

この病院は大学の附属病院であり、リハビリテーションの施設とは別に運動場や体育館、ジムやプールなども併設されている。

流石はアメリカだ、財力と土地の広さが違う。

そして、もちろんその分、入院費用も高額なのだろう。

「さて、トレーニングの前にこの薬を飲んでくれ」

「はい！」

柏木さんはそう言って、青い錠剤を俺に渡した。

水分量を制限されている俺はペットボトルの水をできるだけ節約しながらグイッと薬を飲む。

するとと、柏木さんは一転、深刻そうな表情で声を震わせた。

「……ほ、本当に飲んでしまったのか？」

「えぇっ!? 何か、ヤバい薬だったんですか!?」

「冗談だよ。笑えたか？　アメリカンジョークだ」

俺は大きく安堵《あんど》のため息を吐く。

柏木さんが真顔《まがお》で言うモノだから、本当に毒薬でも渡されたのかと思った。

「残念ながら、クスリともできませんでした。というか、怖い冗談はやめてください！」

「いやなに、これからお前をしごいているうちに私はきっと嫌われるだろうからな。今のうちに嫌われるようなことをして慣れておこうと思って」

「俺の治療のためなんですから、恨《うら》んだりなんてしませんよ……」

そう呟《つぶや》きながら、柏木さんの瞳を見る。

柏木さんはこれまで多くの被験者の治験に協力をしてきて、その度に挫折する姿を見てきたはずだ。

俺に期待はしないと言っていた意味もわかる。

それは柏木さんなりの優しさでもあるが、もうとっくの昔に精神が疲れ果ててしまっているのかもしれない。

「今飲んだ青い薬が新薬で、運動をしている間にみるみるうちに痩《や》せていくんですね？」

俺が都合の良いことを言うと柏木さんは首を横に振った。

「いや、薬は2種類ある。青い薬を飲んで今から行うトレーニングは脂肪から水分を抜きやすくするための『身体作り』だ。3カ月のトレーニングを終えたら、最後に赤い薬を飲んでもらって一晩特別な部屋で寝てもらう。全身を業火《ごうか》で焼かれるような激痛を経て、お前は病気ではない本来の姿に戻れる」

「最後、サラッと凄いこと言いませんでした？」

俺の質問など耳に入らないかのように柏木さんはまくし立てた。

「DeBSは肥満とは違う。運動しながら痩せていくわけではないからな、効果を実感しにくいことから心が折れてみんな挫折していったよ。彼らも最後に赤い薬を飲んでそれなりに痩せて満足していたが、それでは病気は治らない。やり切らないとまた脂肪が水分を吸い始めてしまうんだ」

「最後は業火で全身を焼かれるような激痛を味わうんですよね？」

「治療後には豪華《ごうか》な食事も用意しよう、全身を焼かれた牛の肉を共に味わうんだ」

「なんか、似たような言葉で誤魔化そうとしてませんか？　つまりステーキですよねそれ……」

「アメリカの牛肉は良いぞ。和牛みたいな口の中に入れた瞬間とろけるような軟弱な肉とは違うからな」

「柔らかいお肉のことを軟弱って表現するの初めて聞きました」

「さて、まずは準備運動からだな。怪我《けが》をしないように我々の肉も和牛のように柔らかくほぐしていこう」

全く聞く耳を持たずに柏木さんはラジカセからラジオ体操の音楽を流した。

俺と柏木さんは英語の指示に合わせて体を動かしていく。

「柏木さんまで準備運動をする必要はないのでは？」

「私は毎朝やっているぞ、目が覚めるからな。それに私も少しは運動に付き合うさ」

「なるほど……それにしても、アメリカにもラジオ体操ってあるんですね。しかも日本と同じ動きで」

「そもそも、ラジオ体操はアメリカの保険会社が日本に持ち込んだモノだ。寿命《じゅみょう》を延《の》ばす目的でな」

「へぇ～、意外ですねぇ」

ピョンピョンと飛び跳《は》ねる運動で、柏木さんの白衣の下、胸の軟弱な肉が揺れる。

ありがとうアメリカの保険会社。

確かにこれは寿命が延びそうだ。

ラジオ体操を終えると、今度はさらに俺の身体の柔軟を始めた。

「おい、私から身体を離すな。これは絶対にお前が怪我をしないための大事な準備なんだぞ」

「……すみません」

白衣の下に体操着を着た柏木さんは無自覚に俺に密着して、柔軟を手伝ってくれる。

まだ走ってもないのに心拍数は爆上がりです。

「では、トレーニングを始めるぞ！　やみくもに身体を動かせば良いわけじゃない。私の作成したメニューはちゃんと全身の脂肪から水分が抜けやすくなるように計算され尽くしている。走り込み以外にも、テニスのサーブ、野球のピッチング、水泳、ボクシング、卓球、指先まで使うためにバスケットのフリースローなんてのもある」

「全ての部活動の練習をするようなモノですね……。わざわざ、スポーツにするよりも単純にその部分を使う運動をした方が効率良いんじゃないですか？」

「ダメだ。人間というのは達成感や上達、ある程度の『遊び』がないと飽《あ》きてしまうし、集中力をなくしてしまう。君には実際に全ての競技で上達することを目標としてトレーニングをしてもらうぞ。これは運動工学に基《もと》づいた事実だ」

「うぅ、スポーツをするといつも周りに笑われてトラウマがあるんですが……」

「大丈夫、私はお前を笑ったりしない」

柏木さんの力強い応援が俺の背中を押す。

こうして、俺と柏木さんの3カ月間のトレーニングが始まった。

「さて、まずはランニングだな。この競技場のトラックを……5周。ゆっくりで良いぞ、ただし腕をよく振れ」

「なんだ、それくらいなら――」

思ったよりも辛《つら》くなさそうな指示に俺はホッと安堵《あんど》する。

しかし、柏木さんは続きを読み上げた。

「終わったら、休憩《きゅうけい》を挟《はさ》んでハードル走、走り高跳《たかと》び、シャトルランだ。終えたら、今度は体育館に移動して――」

「あの……もしかして、本当に一日中……？」

俺はたまらず口を挟んだ。

すると、柏木《かしわぎ》さんはさも当然のような表情で腕を組む。

「そうだ。お前が規定量以上に水分を摂取《せっしゅ》しないよう監視もする」

「そういえば……水も満足に飲めないんだった……じゃあコ――」

「コーラだったら水じゃないから飲んで良い、みたいな屁理屈《へりくつ》もダメだからな」

先に可能性の芽《め》を潰《つぶ》されてしまった。

俺が考えた『バナナはおやつに含まれない戦法』もどうやら通じないようだ。

もちろん冗談で、もとからちゃんとやるつもりだったけど。

これ以上、面白《おもしろ》い冗談も浮かばなかったので俺はさっそくドシドシと重たい音を立てながらトラックを走り始めた。

「――よし、５周終わり。休憩だ、そこのマットに横になれ」

「ありがとうございます。おやすみなさい、柏木さん。また明日」

俺があおむけになって目をつむるとお腹《なか》の辺《あた》りに何かが乗った。

何かいたずらでもされているのかと思い目を開くと、そこには俺のお腹の上にまたがる無表情な柏木さんがいた。

トトロでこんなシーンがあった気がする……じゃなくて――

「な、なにやってるんですか柏木さん!?　ダメですよ、俺は今汗《あせ》をかいてるので汚いです！」

「アホか、私は医者だぞ。そんなの気にするか、疲労を軽減させるマッサージをするから寝てろ」

柏木さんはお構いなしという様子で俺に密着して手足を揉《も》み始める。

「すみません……俺、よく臭いって言われるんです。せめてシャワーを浴びさせてくれませんか？」

涙ながらに懇願《こんがん》するが、高校生のメイちゃんは無情にも表情一つ変えない。

「そんなの真《ま》に受けるな、お前が太っているからと勝手なイメージで言ってるだけだろう。……うん、別に臭くないぞ。大丈夫だ、そうだな例《たと》えるなら――」

「……ごめんなさい、もう大丈夫ですから。評論しないでください……」

その後も、運動の種目を一つ終えるごとに柏木さんがわざわざ俺のマッサージをしてくれた。

「ふぅ……ふぅ……」

柏木さんの吐息《といき》が悩ましげに漏《も》れる。

俺の巨体をその小さな手で揉みほぐしていくのはまさしく重労働のようだった。

柏木さんの額《ひたい》にも汗が浮かぶ。

そんな調子で休憩とマッサージを挟みつつ、全《すべ》てのトレーニングを終えた。

「――よし、今日はここまでだ。よくやったな、偉いぞ。最後に念入りにマッサージをするからそこに横になれ」

流石《さすが》に少し疲労気味の俺は体育館に敷かれたマットの上に横たわる。

柏木さんも、本日7度目くらいのマッサージに疲れの色を隠せないようだった。

トレーニングの種目を全て終えて、すでに日が暮れてしまっていた。

柏木さんは本当に付きっきりで俺の治験に付き合ってくれている。

——ここで一つ気になったことがあった。

柏木さんは確かこの病院でもかなり偉い方のお医者さんで、そんな人がずっと俺と一緒にいるってことは……。

「この治験って、もしかして柏木さんの人件費が物凄《ものすご》くお高いのでは……？」

治験じゃなくて普通に一緒にいるだけでも毎時間、高額な料金が発生しそうな美少女を前に俺は恐る恐る尋《たず》ねる。

蓮司《れんじ》さんに自分で働いて返すと言ってしまったお金だが、すでに内臓をいくつか売ることは確定しているかもしれない。

マッサージを終えた柏木さんは白衣の袖《そで》で自分の額の汗を拭《ぬぐ》った。

「安心しろ、治験の間、私はお金を受け取らない。つまり無償《むしょう》だ」

「……えぇっ!?　そ、それはそれでおかしいですよ！　タダ働きなんて……しかもこんな、楽じゃないし楽しくもない仕事を……」

「DeBS《デブス》の新薬を作ったのは私だからな。私が急いで薬を完成させたいだけさ」

柏木さんは俺の口にラムネを突っ込んで笑う。

一体どうしてそこまでして……と口をついて出そうになる。

しかし、口の中に広がる甘味が紡《つむ》ごうとする言葉をラムネ菓子と一緒に溶かしてしまった。

「あぁ、そうそう。寝る前にこれを飲んでくれ。体力回復に効果があるドリンクだ。後で部屋にも届けさせておく」

柏木さんはそう言って、白衣のポケットから小瓶《こびん》を取り出す。

「貴重な水分をありがとうございます」

「味は美味《おい》しくないからな、口直し用の水分は寝る前まではとっておいた方が良い。また明日の朝、運動場に集合だ」

「はい、柏木さんもゆっくり休んでください。僕だけじゃなくて、柏木さんも俺に負けず劣らずの重労働ですから」

俺がそう言うと、柏木さんは鼻で笑う。

「私のことなんか気にしなくて良い。自分のためにやっていることだ、お前はあまり気にするな」

そう言うと、柏木さんは白衣を翻《ひるがえ》してさっさと俺から離れて行ってしまった。

◇◇◇

――トレーニング開始から３日後。

「今までの被験者たちの半分はこの時点で弱音を吐いていたが……」

「まだまだ余裕です！　次はジムでサンドバッグでしたね！」

　俺は鼻歌を歌いながらボクシンググローブを腕にはめてもらう。

（ボクシングかぁ……そういえば、ウチの学校にも佐山《さやま》っていうエースがいたなぁ。確か全国大会の優勝者なんだっけ……）

　そんなことを思い出しながら俺はサンドバッグを殴っていた。

　吉野《よしの》先輩にも手をあげたし、酷《ひど》い奴《やつ》だった。

　そういえばあいつ、千絵理《ちえり》に手を出そうとしてたんだっけ……もし本当にそんなことされたら──。

　ふとそんな想像をして殴った瞬間、サンドバッグから異常な音がした。

　──ビリビリ！

　そしてその直後、柏木さんの綺麗《きれい》な黒髪のようにサラサラとした砂が床に流れ落ちる。

　俺の顔から血の気が引いた。

「す、すみません！　弁償《べんしょう》します！　新しいサンドバッグが届くまでは俺がサンドバッグになります！」

　悲しきイジメられっ子の習性で俺の口からは謝罪の言葉がスラスラと出てきた。

　柏木さんは呆《あき》れた表情で破れたサンドバッグの残骸《ざんがい》を見つめる。

「流石にこれは……古くなっていたんだろう。大丈夫、適切な使い方をして壊れたんだ。お前に責任はないよ。新しいサンドバッグは注文しておくから今日は別のメニューをやろうか」

「はい！　すぐにお掃除するので、お待ちください！」

俺が砂を片付けようとすると、柏木さんも砂のそばに寄って来てくれた。

片付けるのを手伝ってくれるのだろう、柏木さんは砂に手を入れると――

ペタペタと大きな山を作り始めた。

「……サラサラしすぎて上手《うま》く城の形が作れないな。山本の水をもらうぞ」

「ちょっと、なんで砂でお城を作ろうとしてるんですか⁉　あぁ、俺の貴重な水分が！」

柏木さんはぜんぜん手伝ってくれないどころか砂遊びを始めてしまった。

俺は呆れてしまって、隣で一緒に砂の山を作る。

「柏木さんって凄く大人びた雰囲気《ふんいき》なのに、結構子供っぽいところがありますよね」

サラサラし過ぎて全然形にならない砂を手でいじりながら、俺はつい本音をこぼしてしまう。

柏木さんは砂で山を作りながら涼《すず》しい表情で答えた。

「私は小学生になってすぐにDeBSの治療薬の開発を志し、勉強と研究漬《づ》けだったからな。幼少期に子供らしい遊びをしなかった反動だろう」

「そ、そんなに冷静に自己分析されると感想に困りますね……」

俺は毎日イジメられているとはいえ、柏木さんと違って学生生活を送ることはできている。

そう考えると、なんだか――

「哀《あわ》れだと思うか？」

柏木さんに心を見透かされて俺は慌《あわ》てた。

「い、いいえ！　そんなことは――」

「誤魔化《ごまか》さなくても良い。はたから見たら私の人生はDeBSの薬の開発に取り憑《つ》かれた中身のない薄っぺらなものであることはわかっている」

確かに、小学校から中学校、そして高校。

柏木さんは人生の青春時代を全て失っているという感想を持ってしまう。

柏木さんは俺とは違ってとんでもないいくらいの美人で頭も良い。

誰もが羨《うらや》むような青春を送れたはずだ。

――我慢《がまん》ができず、俺は尋ねた。

「あの！　DeBSの薬の開発にどうしてそこまで――」

「山本、いつまで遊んでいるんだ？　早く代わりのトレーニングだ。私だって暇《ひま》じゃないんだぞ」

「えぇ～。柏木さんが始めたんじゃないですかー」

いつの間にか砂遊びに飽《あ》きていた柏木さんに急《せ》かされて、俺は急いで砂を片付けた。

柏木さんも手伝ってくれたけれど、結局俺は前から気になっていたことを聞き出すタイミングを失ってしまったのだった。

◇◇◇

——トレーニング開始から1週間。

俺はついに、走り込みの最中にあと7周を残して倒れていた。

「……シテ……コロシテ……」

そんな俺を見て、柏木さんは椅子《いす》に腰かけたまま声援を送る。

「頑張ってくれ、山本《やまもと》～！　頑張ったら『ご褒美《ほうび》』をやるぞ～！」

「ご、『ご褒美』……!?」

男とは浅ましい生物である。

俺は期待してしまい、倒れたまま顔だけを柏木さんに向ける。

柏木さんは自信に満ちた表情で声を張った。

「あぁ、ラムネ・シガレットをやる！　どうだ、嬉《うれ》しいだろう！」

俺は肩をガックシと落とした。

「柏木さん！　そんなの今更《いまさら》1本や2本渡されたところでやる気なんて出ませんよ！　というか、半《なか》ば強制的に毎日食べさせてくるじゃないですか！」

残念ながら俺はそこまでチョロくない。

柏木さんも流石に俺の反応を見て反省したのか、眉尻《まゆじり》を下げた。

「う……た、確かにそうだよな、悪かった。ラムネ・シガレットも、よく考えたら今私が食べてるのが最後の1本だったしな。仮にこんなのもらっても――」

「あと7周ですよね？　速攻で終わらせてきます」

俺の足は嘘《うそ》みたいに軽くなり、カモシカのように競技場を駆け回った。

……死にかけの表情で戻ってくると、柏木さんは満面の笑みで俺を迎える。

「山本！　私は感動したぞ！　まさか、ここまで頑張れるほどにラムネ・シガレットが好きだったとはな！」

「ぜぇ……ぜぇ……。い、1本しかないなら仕方がないですね……それをいただきま――」

「喜べ！　ポケットをまさぐってみたら、なんともう一箱あったんだ！　一本と言わずに箱ごとやろう！」

「…………」

俺は音もなくその場に潰れた。

きっとこれは天罰だ。

柏木さんの咥《くわ》えていたシガレットをもらいたいだなんて考えてしまった俺の下心を見透かされてしまったんだ……。

ガッカリしながら俺はその箱を受け取る。

「なんか、箱が潰れてるんですけど。しかも妙に生温《なま》かいですし……」

「そ、それはすまない。実はお尻《しり》のポケットに入れていてな、ずっと座りながら押し潰してしまっていたんだ。嫌なら私の部屋で新品と取り替えるぞ！」

「……家宝にします」

神は俺を見捨てていなかった。

「いや、食べてくれよ」

柏木さんのもっともなツッコミを誤魔化すために俺は話題を変えることにした。

「そういえば、まだ7月の頭なのにもうかなり気温が高いですね」

天気や気温の話はどんなに唐突《とうとつ》に振っても不自然な感じはしないのでありがたい。

俺はそんな話題を振りつつ、今手に入れた家宝を大事にポケットにしまう。

「そうだな、ここはアメリカ南部だから東京に比べると気温が高い」

そう言って、柏木さんは自分が着ている体操着の首元を引っ張るともう片方の手に持ったバインダーを扇《あお》いで自分の胸元に風を送り込んだ。

「明日の気温は100度だそうだ。地獄の暑さだな」

「ええ!?　ひゃ、100度なんて全身火傷《やけど》しちゃうじゃないですか！」

「あぁ、違うよ。アメリカでは華氏《かし》という気温の単位を使っているんだ。日本だと摂氏《せっし》だったな。華氏は人間の体温を基準にしているから100度だと日本で言う大体37度だな」

「温度の単位が違うなんて……なかなかややこしいですね」

「そうだな……華氏から摂氏に変換する時は30を引いて2で割ると大雑把《おおざっぱ》に求められるぞ。華氏100度なら30を引いてから2で割って35度だ」

「ありがとうございます。柏木さんの大雑把な計算のおかげで明日の気温が2度も下がりました」

「そんな話はともかく、さほど動いてない私まで暑くてかなわん」

柏木さんはついに白衣も脱いでしまった。

汗ばんだ体操着が透けて柏木さんの綺麗な肌《はだ》が露出《ろしゅつ》する。

「もっと暑くても良さそうですね」

「山本は暑いのが得意なのか、意外だな」

思わずこぼれてしまった俺の本音の真意に気がつかないまま、柏木さんは手に持ったバインダーに書かれている今日のトレーニング表に目を通す。

「……この後はプールでのトレーニングだったな」

「えっ、確かジムでサンドバッグだったような……」

「いいや、プールだ。プールに入ってからにしよう」

「自分が入りたいだけでは……？」

とはいえ、俺もプールで泳ぎたいくらい暑かったので柏木さんの案に乗る。

どうせ、プールから上がったら通常のメニューが待っているのだが……水着姿の柏木さんを見れば体力は全回復するので、多分余裕でこなせるだろう。

◇◇◇

——トレーニング開始から2週間。

毎日クタクタになってはいるが、俺はどうにか日々のトレーニングを柏木さんとこなしていた。

「流石だな、今までの被験者たちの大多数はこの時点で罵詈雑言《ばりぞうごん》を吐いていたが……」

「柏木さんのバカー、アホー」

俺も小学生みたいな悪口を言ってみたら、柏木さんにバインダーでペシンと頭をはたかれた。

「そんな可愛《かわい》いモンじゃないさ。『冷徹女』とか、『地獄へ落ちろ』とか、『売女の娘《ばいたのむすめ》』だなんて言われたこともあったな」

アメリカ特有の悪口を聞きつつ、俺は思わず腹が立った。

「はぁ!?　どういうことですか？　なんでこんなに協力してくださっている柏木さんに暴言を吐けるんですか!?」

珍《めず》しく俺が本気で語気を荒らげたので、柏木さんを少し驚かせることになってしまった。

柏木さんは全てを諦《あきら》めているかのようなため息を吐く。

「……病人っていうのはいつでも被害者意識なんだ。心まで病気になってしまう。『医者は自分の面倒《めんどう》を見て当然だ』と思う者もいる。私なんてまだマシな方さ、被害者なのに努力を強《し》いられるのが納得いかないのだろう」

「あ、ありえませんよ……！　確かにこの病気は理不尽なモノですが、せっかく手を差し伸べてくれる人に八つ当たりするなんて……」

「入院費を全て返すように求めてくる者もいたな。辛い思いをしたから慰謝料を払えだなんて口走る者もいた」

「そ、それでどうしたんですか？」

「支払ったよ、私には争う時間すら惜《お》しい。遠坂《とおさか》には内緒にしてくれ、あいつが知ったら怒るだろうからな」

あまりのことに絶句してしまった。

柏木さんに比べたら俺が今まで受けてきた理不尽な仕打ちなんて可愛いモノだ。

「患者の治療のために努力しても、その患者に唾《つば》を吐かれることもあるのがこの職業だ」

「そんな……」

柏木さんは頑張ってくれている。

もしかしたら、治験者である俺以上に。

初日から全く手を抜かずに、毎日俺の身体《からだ》をマッサージして。

俺の治療のために寝る間も惜しんでデータをまとめ上げてくれていたのだろう。

深夜に起きて窓の外を見たらまだ柏木さんの診療室の明かりが点《つ》いていることもあった。

それを、きっと俺が治験を受けるまでの全ての治験参加者たちにもやっていた。

まだ、こんなうら若き少女が……。

「……柏木さんは、どうしてこんなに頑張れるんですか？」

本当なら友達と一緒に遊び惚《ほう》けてても良いくらいの年齢だ。

なのに、どうしてこんなに真っすぐでいられるのだろうか。

柏木さんはポケットからラムネ・シガレットを取り出すと、それを見つめながら懐《なつ》かしむような表情をした。

「……こんなことを言うのは柄《がら》じゃないが、憧《あこが》れてしまったんだ。私が小学生の時、目の前でヒーローのように災害から人を救うために飛び込んだ奴がいてな」

その話を始めた途端《とたん》、いつも疲れ切ったような柏木さんの瞳《ひとみ》が少しだけ輝いたような気がした。

「目の前で適切に応急処置をして、人命を救った。その人を見て、私もそうなりたいと思ったんだ」

「……そんなキッカケがあったんですね」

柏木さんはその人をヒーローと言った。

確かに、その人はヒーローなのかもしれない。

きっと凄く良い話なんだろう。

でも、とても勝手な言い分だけど。

俺はそのヒーローが柏木さんの人生をめちゃくちゃにするほどの呪《のろ》いをかけた張本人のような気がして強い憎《にく》しみを感じてしまった。

「柏木さんがその人に出会わなければ……」

表情に出てしまっていたのだろうか、柏木さんは俺を見て笑う。

「そう怖い顔をするな。私は本当に彼に感謝してるんだ。彼に出会う前の私の人生は空《から》っぽだったからな」

「でも、その時はまだ小学生だったんですよね？　それなのに空っぽだなんて……」

「空っぽだったんだよ。生まれてきた意味もわからないくらいにな。それに、今の私にはDeBSの治験を終わらせるという目標もある。私としてはとても充実してるのさ」

そう言って柏木さんは眺《なが》めていたラムネ・シガレットをそのまま口に咥える。

「さぁ、無駄話でトレーニングを遅らせようとする作戦はここまでだ。今日の分の運動をするぞ」

柏木さんはそう言うと、ラジオ体操をするために今日もラジカセの再生ボタンを押した。

◇◇◇

――トレーニング開始から1カ月。

「ふむ……ダメだな。まるで上達していない」

今日の分のトレーニングが終わり――。

ここまでの俺のスポーツトレーニングの結果を見て、柏木さんはズバっと言ってのけた。

こうなることが予想できていた俺は淀《よど》みなく土下座《どげざ》へと移行して謝罪する。

「ごめんなさい……でも、俺は本当にスポーツが苦手で……」

「なぜ謝る？　お前は手を抜いていたのか？」

「い、いえ……そういうわけじゃないのですが……」

「なら謝るな。それに、私はお前が運動音痴《おんち》だとは思えないな」

柏木さんはそう言って俺の顔をじっと見つめた。

柏木さんのあまりの顔の良さに俺は思わず目を逸《そ》らす。

「ふむ、サンドバッグを壊した時もそうだが、お前は自分が悪くないのにまず謝る。目を合わせようとすると逸らす。劣等感の塊《かたまり》のような男だな。きっとそれが上達を妨《さまた》げる原因だ」

「へ？　どういうことですか？」

今まで周囲に謝りながら生きてきた俺としては柏木さんの指摘《してき》する自分の行動に違和感を抱くことはなかった。

あと、目を逸らすのは単に柏木さんが美しすぎるのに無自覚でグイグイ来るからです。

「つまり、イメージが原因だ。お前はこれまで運動をしようとする度《たび》に周囲に笑われ、からかわれ、自分はスポーツが苦手だと信じ込んできた」

「でも、俺は本当に周りと比べてもできない方で」

「周りもお前と同じように全身に70キロの重りをつけていたのか？　違うだろう？　お前はハンデを背負っている」

そして、柏木さんは白衣をなびかせて両腕を広げた。

「私を見ろ。いかにも偉そうで、高圧的で、可愛げの欠片《かけら》もないだろう？　女性としての魅力は完全に死んでいる」

何言ってんだ、この美少女は？

とツッコミを入れたくなったが、これまで研究一筋だった柏木さんの自己評価は本当にこんなモノなのかもしれない。

「感情というモノは動作に付随《ふずい》する。無理やり笑うと本当に楽しくなるように、偉そうにしていると本当に自信がついてくるんだ。私は小娘だからと舐《な》められることも多かったが、こうして高慢で人には好かれようもない態度を取ることで敬意を払わせてきた。そうして、実際に偉くなったんだ」

柏木さんの努力の人生が垣間見《かいまみ》えて少し涙が出そうになった。

そうか、若くして医者になるってことはその分、未熟だと周囲に思われることでもある。

ましてや、柏木さんのように美しいと理不尽に妬《ねた》まれたり、やっかみを受けることも多かっただろう。

俺が見た目で周囲に嫌われるように、柏木さんもその若さと美貌《びぼう》、優秀さで多くの心ない迫害を受けてきたのだと思う。

そんなことはおくびにも出さずに柏木さんは俺の顔をしっかりと見つめる。

「なぁ、山本。私の目を見ろ。そして、まずは自分自身を尊敬しろ。ここまでトレーニングを続けてこれた奴はそうはいない。お前は凄い奴だ。私が言うんだ、間違いない」

俺は柏木さんの口から褒《ほ》める言葉が出る度に自分の顔が熱くなっていくのを感じた。

たまらず、柏木さんに許しを請《こ》う。

「あの……すみません、柏木さん。もう、大丈夫なのでその辺で勘弁《かんべん》してください……」

「お前が自分で自分を尊敬しないなら、私がお前を褒め続けるしかないだろう。お前はどんなに辛くても毎日最後までやり遂《と》げてる。水分制限だって一度も破ってない。立派《りっぱ》だ、だからスポーツだってできる」

「わ、わかりましたから！　俺も自分に自信を持ちます！　だからもうやめてください！」

きっと、耳まで真っ赤になっているだろう。

柏木さんはそんな俺を見て笑った。

「いきなり自信を持つのは難しいだろう。お前の自己否定的な考え方も今までの人生で周囲の人間たちから酷い扱いを受け続けたせいで作り出された人格だ。少しずつで良い、お前が自分を好きになれるように、私なんかで良ければいつでも付き合うさ」

柏木さんはそう言って優しく微笑《ほほえ》む。

そうだ、俺は自信を持って良い。

今まで受けてきた何千、何万という罵倒《ばとう》よりも柏木さんの一言の方が信頼できる。

「……柏木さん、ありがとうございます。俺、頑張れそうです」

「まぁ、別に記録を伸ばす必要はないんだがな。私のトレーニングメニューをちゃんと遂行《すいこう》してくれれば治験は成功だ」

柏木さんの何気ない発言に俺はズッコケそうになる。

「せっかくやる気になったのに水を差さないでくださいよ〜」

「いや、あまり気負わせ過ぎてもいけないと思って……」

「はぁ〜、でも気が楽になりました。俺だって人並みの運動ができるくらいにはなってみせますよ！」

俺が一念発起《いちねんほっき》すると柏木さんは何やらもう一度俺のトレーニングデータを訝《いぶか》しげに見て、ぼそりと呟《つぶや》いた。

「人並みに……ねぇ」

――それから、俺は毎日柏木さんの『できる』という言葉を思い出しながらトレーニングに励《はげ》んだ。

すると、今まで苦手だった運動がどんどん上達していき、楽しさすら感じられるようになった。

努力するのを笑われたり、周りと比べられない環境。

そして、なにより応援してくれる柏木さん。

俺にとってこれ以上にないくらい頑張れる絶好の環境だった。

「フリースロー、１００本決まりました！」

「私の教え方が良いからだな。といっても、信頼のおける動画や文献《ぶんけん》を参考にしただけだが」

トレーニング開始から1カ月と2週間。

柏木さんの言った通りだ。

上達さえ感じられればスポーツと絡《から》めた運動は一人でも、とても楽しく取り組める。

「今のお前の投球だが、スピードガンだと１００は出てるな」

「おぉ！　１００キロですか⁉　凄い！　草野球くらいなら俺でもできるかもしれませんね！」

「……100マイルだ馬鹿《ばか》」

「小さな声で何か言いましたか？」

1カ月と3週間。

世間《せけん》と比べると小さな達成に過ぎない。

でも柏木さんがそばで一緒に喜んで、励ましてくれるから俺は努力が苦にならなかった。

「走り高跳び、1.2メートル跳べました！」

「やったな、小学6年生の平均越えだ。ほら、ご褒美のラムネ・シガレットをやろう」

「小学生……」

——2カ月。

柏木さんも褒め方が上手くなってきて、最近は大げさな表現をするようになってきた。

外国人はリアクションが大きいし、これもアメリカ流なのだろう。

「フリースロー、2000本決まりました！」

「お前はNBA選手でも目指しているのか？　今日の分はもう十分だ、次にいこう」

柏木さんと一緒に俺のトレーニングは続いていく。

——2カ月と3週間後。

あと、たったの1週間で俺のトレーニングは全て終わる。

そんな状況の中。

俺は残り10周を残して運動場のトラックでうつぶせに倒れていた。

「か、身体がピクリとも動かない……！」

「……流石のお前でもこうなったか」

柏木さんは、俺の様子を見てため息を吐く。

「きっと、これまでのトレーニングも死ぬほど辛かっただろう。それなのにお前は向上心や好奇心によって私のしごきに耐えて、限界を何度も超えていたからな。お前の精神力は驚異《きょうい》的だと言う他ないよ」

「あはは……日本にいた時はいつも気絶するまで走らされていたので……。それに、トレーニング後には柏木さんが毎日マッサージしてくれましたし、怪しい薬も飲ませてくれましたから」

「確かに、私のマッサージや特製の薬は疲労回復や筋繊維《きんせんい》の回復に効果があるだろう。しかし、身体が動かないのは脳が活動限界だと誤認しているからだな。通常、130キロの身体に必要な水分は8ℓだ。お前の身体は肥満ではなく水分を蓄《たくわ》えているDeBSだから2.5ℓでも理論上は動けるはずだが――脳は脱水症状を起こすと誤解して、身体を守ろうとするため動けなくなる」

柏木さんは何やら凄く葛藤《かっとう》しているような表情をした後、大きくため息を吐いた。

「この状態になるまでトレーニングを続けてこられたのはお前が初めてだよ。他の患者たちはもっと早くにリタイアしている」

柏木さんは倒れている俺の隣にしゃがみ込む。

「どうする？　流石の私もお前の脳に干渉《かんしょう》して運動命令を出すことはできない、お前が自分の力でどうにか立ち上がるしかないわけだが……ここでやめてもお前の症状はかなり改善すると思うぞ？」

「ですが、あとたったの1週間なんです。それに、ここで諦めたら日本での新薬の認可の話もまた遠くなってしまいますよね……？」

「そんなの、お前が気にすることじゃないさ。これはお前のための治療だ、それにお前のおかげでかなりデータも揃《そろ》った。ここで諦めてもお前は良くやった方さ」

「柏木さんは、本当にそれでもいいんですか……？　俺がここで諦めても」

「……だから、それはお前が決めることで――」

柏木さんは言いかけると、押し黙った。

やっぱり、態度には出さないけど柏木さんは俺の治療にかなり個人的な期待を寄せている。

でなければ、毎日汗だくになるまで俺の巨体をマッサージしてくれるはずがないし、目の下にクマができるまで夜通しトレーニングメニューの再計算をしてくれるはずがない。

俺が頑張れたのは、そんな柏木さんがずっと近くにいてくれたからだ。

どうか、今回ははぐらかさずに本心で答えてほしい。

柏木さんはそんな俺の瞳を見て、観念したようにため息を吐いた。

「……白状するよ。DeBSの新薬の日本での認可は私の悲願だ。実現したら死んでも悔《く》いはないくらいにな。だから、お前が完治したら……私はとても嬉しい」

「あはは、じゃあ寝ている場合じゃないですね」

柏木さんの本心を聞くことができて、俺の身体に力が入ってきた。

どうやら、俺の身体が駄々《だだ》をこねていた理由はこんな些細《ささい》なことだったらしい。

柏木さんも立ち上がった俺を見て驚く。

「こんな言葉で頑張れるのか？　私は自分の目的のためにお前を利用していると言っているようなモノなのに」

柏木さんはそう言うが、きっと自分のためだけじゃない。

俺が辛そうにトレーニングをしている時は泣きそうな表情をしていたこともやり遂げると凄く嬉しそうにしていたことも知っている。

「きっと、いまいち実感が湧《わ》かなかったんですよ。顔も知らない大勢のために頑張れなんて言われても……でも、柏木さんのためだったらきっと俺はまだ頑張れます」

立ち上がる俺を見て、柏木さんは瞳を丸くした。

「そうか……うん」

自分の目尻《めじり》をこすると、柏木さんは俺に笑顔を向ける。

「頑張れ、山本」

「はい！」

こうして、俺は何とか残りのトレーニングをやり切り、病気を完治させる準備を整えることができたのだった――。

◇◇◇

最後のトレーニングを終えて、一度自分の部屋に戻ると俺は深呼吸をした。

――ついに今夜、俺は治療を受けてこのDeBSと決別するのだ。

そのためには凄く痛いと評判の治療を受けないとダメなんだけど……。

少し不安だが、とにかく今日はそんな特別な日だった。

自分の携帯電話を取り出す。

俺の携帯電話はスマホではなくいわゆるガラケーという古い折り畳《たた》み式携帯だ。

通信費を節約するためにスマホは彩夏《さいか》にしか持たせていない。

（日本にいるみんなに、改めて報告しよう！）

俺はこれまでも毎日妹の彩夏と夜に電話をしていたし、文芸部のみんなや千絵理たちにも今日が治療日であることは伝えていた。

俺はまず、妹の彩夏に電話をかけた。

――すると、彩夏とは別の聞き馴染《なじ》みのある声が聞こえてきた。

『あぁ、山本か。悪いが彩夏は今取り込み中でな』

「藤咲《ふじさき》さん！　そうなんですね、彩夏は何を？」

『その……私は止めたんだが、彩夏が水垢離《みずごり》をすると言って聞かなくてな』

「水垢離？」

聞いたことのない単語に俺は聞き返す。

『神社にお参りをする前に冷水を浴びて身体を清めることだな』

「ええ!?　夏とはいえ、冷水を浴びるのは辛いんじゃ……」

『あぁ、今風呂場から悲鳴が聞こえてきている』

「……俺にも少し聞こえました」

『実は山本が日本を発《た》ってから彩夏は毎日神社にお参りをしていてな。治療日の今日は気合いを入れて山本の無事を祈りたいらしい』

「彩夏は何事にも一生懸命になってしまうので……」

『あはは、風邪をひかせないようにするよ』

「すみません、ご迷惑をおかけします」

『迷惑なもんか。彩夏が来てから毎日が楽しいよ。このままウチの子にしたいくらいだ。――

おっ、今彩夏が出てきたぞ。彩夏、お前のお兄ちゃんから電話だ』

藤咲さんがそう言うと、すぐに彩夏のスマホが奪い取られるような音がした。

『お兄ちゃん!?　頑張ってね！　私も一生懸命お祈りするから！　ぜったい無事に帰って来てね！』

『――こら、彩夏！　服を着ろ！　せめて、身体を拭《ふ》いてからにしろ！　ほら、拭いてやるから！』

藤咲さんがタオルで彩夏の身体を拭いてくれているらしく、彩夏はそのまま俺と話し続けた。

『お兄ちゃんと会えなくて私、毎日泣きそうだよぉ』

「そんなこと言って、藤咲さんのところの方が料理も美味しいし快適なんだろー」

『えへへ、それはあるかも。藤咲さんも凄く優しいし、何より可愛いからっ！』

『へ、変なこと言うな！　それに私は厳しいからな！　髪は自分で乾かすんだぞ！』

（藤咲さん……彩夏の身体を拭いてる時点で甘やかしすぎなんだけど……）

そして、やはり藤咲さんは彩夏の好みにドストライクだったようだ。

「彩夏、祈ってくれるのは嬉しいけれど、風邪をひかないようにしろよ」

『大丈夫！　毎日藤咲さんと一緒に寝てるから暖かいんだ！』

（藤咲さん……めちゃくちゃ甘やかしている……）

彩夏との話を終えると、藤咲さんが電話を代わった。

『山本。今夜の治療が上手くいくように私も祈っている。彩夏ほど強力ではないが、少しでも山本の不安がなくなるようにな』

「ありがとうございます。とても心強いですよ！　きっと元気な姿で戻りますからそれまで手のかかる妹をお願いします」

『あぁ、任せておけ！』

二人からの力強いエールをもらって俺は電話を切った。

（次は……蓮司さんと千絵理に電話を……）

先に大恩人である蓮司さんに電話をかける。

すると、電話口から不満げな千絵理の声が聞こえてきた。

『ちょっと、流伽《るか》！　なんで私じゃなくてお父様にかけるのよ！』

『あっはっは！　悪いね千絵理、流伽君は私の方が好きらしい』

『もう！　流伽ったら知らないんだから！』

どうやら俺から電話がきたのを蓮司さんが千絵理に見せびらかしたらしい。

いきなり千絵理はへそを曲げてしまった。

『おや？　じゃあ、千絵理は今夜の流伽君の治療が失敗しても良いと思っているのかい？』

『——そ、それはダメよ！　成功しなきゃダメ！　良い!?　流伽！　絶対に成功させなさいよ！』

俺が一言も話す前に仲良し親子の漫才《まんざい》が始まってしまっていた。

『流伽君。初めて見た時からこうなることはわかっていた。君はDeBS治験の初めての成功者になる。それは医学界にとって偉大なる進歩だ。誇りに思うよ』

蓮司さんは全く不安に思ってなどいないようだった。

その自信に、俺の心の中の不安も消えていく。

「あ、ありがとうございます！　でも、蓮司さんや他の皆さんの助けがあってのモノですから。お礼を言うのはこちらです！」

『じゃあ、お礼を言う相手は千絵理なのかもしれないね。君と私を引き合わせてくれたんだから』

『ちょっと、お父様！　もう良いでしょ？　早く流伽に代わって！』

千絵理は強引に電話を奪い取ったようで、蓮司さんの笑い声が遠くに消えていった。

『ゴホンっ。流伽？　治療は今夜なんでしょ？　不安に思うかもしれないけれど、大丈夫。私がついてるわ。帰ってきても、私がそばにいるから流伽は心配しないで』

「あはは、俺より千絵理の方が心配しているみたい」

『し……心配に決まってるでしょ。流伽、絶対に無事に帰って来てよね』

「そ、そっか……うん。約束するよ」

『それでいいわ！　じゃあ、流伽のために一曲ピアノを弾いてあげる。お父様は手術中に私のピアノの音を流すの。それで凄い名医になったんだから、きっとご利益《りやく》があるわ！』

「それは蓮司さんの実力だと思うけど……でも、是非《ぜひ》とも聴かせてほしいな」

お願いすると、一呼吸おいて綺麗なピアノの音が電話口から流れた。

『……本当は直接聴かせたかったんだけど。少しは元気が出たかしら？』

「うん！　日本に帰ったら今度は目の前で弾いてよ」

『そうね！　わかったわ！　じゃあ、今夜の治療の無事を祈ってるから！』

蓮司さんに不安を払拭《ふっしょく》してもらって、千絵理は綺麗なピアノ曲を聴かせてくれた。

電話を切ると、今度は俺の携帯に誰かから電話がかかってきた。

相手は――留美《るみ》だ。

「もしもし……」

『あっ、やっとかかった！　じゃなくて……こんばんは！　流伽！』

留美はどこか勝気な態度で俺に挨拶《あいさつ》をした。

『ほら、今日が治療の日だって言ってたじゃない。一応元気づけてあげようと思って電話してあげたの！』

「ありがとう！　嬉しいよ！　少し不安だったから」

『そ、そう？　それなら電話して良かったわ！』

素直な気持ちを述べると、留美も上機嫌になった。

またこうして留美と昔みたいに話せていることが本当に嬉しい。

『ほら、約束したでしょ？　帰ってきたらデートしてあげるって。だから頑張れるでしょ？』

「うん！　凄く楽しみにしてるよ！　でも留美って凄く綺麗になったのに、俺なんかとデートして良いの？」

『ふふん、良いのよ。流伽は昔から私を助けてくれてたし、何より川で溺《おぼ》れた時に助けてくれた命の恩人だしね！　恩返しよ、恩返し！』

「そっか！　でも、留美が川で溺れた時は確か俺一人で助けたわけじゃなかったような……」

『あら、そうだったかしら？　私は流伽にファーストキスを奪われてそれどころじゃなかったけどね』

「あ、あれは人命救助だから！　わ、悪かったよ……」

『なんで謝るのよ。流伽がいなかったら私は死んでたって言ってるんだけど』

留美は若干《じゃっかん》怒り気味に答えた。

しまった、せっかく今まで留美の機嫌を損《そこ》ねないように話してたのに。

『まぁ、何はともあれ上手くいくように祈ってるわ。頑張ってね』

「うん、ありがとう留美」

俺は電話を切った。

留美とのデート。

あの場だけの約束かと思ってたけど、本当にしてくれるつもりらしい。

あんなに綺麗になった留美の隣を歩くなんて、職質のオンパレードにならないか心配だ。

留美との電話を切った直後に扉がノックされた。

入ってきたのは柏木さんだ。

「もう治療ですか？」

「いいや、まだ少し時間がある。お前宛《あ》てに荷物が届いてたからな、どうせ来るついでに持って来た」

そう言った柏木さんが抱えていたのは千羽鶴《せんばづる》だった。

(もしかして……！)

千羽鶴には手紙が添えられていた。

〝頑張れ山本！　みんなで待ってる！　文芸部一同！〟

わざわざアメリカまで送ってくれたんだ！

「文芸部の皆さんだ！　柏木さん、少し電話しても良いですか？」

「あぁ、席を外そうか？」

「大丈夫です！　好きなところで寛《くつろ》いでいてください！」

俺は高峰《たかみね》部長に電話をかけた。

「あの！　千羽鶴届きました！　ありがとうございます！」

お礼を言うと、文芸部3人の声が聞こえてきた。

『や、山本君！　元気!?　ちゃんとご飯食べてる!?』

足代《あじろ》先輩は相変わらずしどろもどろといった様子で俺の安否《あんぴ》を尋ねる。

『やぁやぁ、山本殿。拙者《せっしゃ》たちは今、山本殿の治療の成功を祈りに鎌倉《かまくら》の神社に来ているのでござる』

吉野先輩と神社、何だか凄くしっくりくる。

『その鶴は俺たち3人で折ったモノだ。お前が頑張っているのに何もできないのが歯がゆくてな！　迷惑だったたならすまない！』

「そんな！　迷惑なはずありませんよ！　絶対に治療して帰りますから！　高峰先輩も卒業しちゃダメですよ？」

『あっはっはっ！　無茶を言うな！　だが、元気そうで安心した』

いつも通りの高峰先輩の笑い声を聞いて、俺も安心する。

『山本君！　いっぱいお喋《しゃべ》りしたいことがあるから、無事に帰って来てね！　色々と用意して待ってるから！』

足代先輩は何かを用意してくれているらしい。

そういえば、何か約束したような……？

『山本殿！　患者としての心構えは治ろうとする気力でござる！　不退転《ふたいてん》の心意気で治療に臨《のぞ》まれよ！』

『そうだ！　気持ちで負けるな！』」

『山本君！　ファイトー！』

「みなさん！　ありがとうございます！　じゃあ、行ってきます！」

柏木さんは治療予定時間が過ぎても待っていてくれた。

電話を切ると、柏木さんは千羽鶴に触りながら羨ましそうに微笑む。

「良い友人たちだな」

「はい、みんな俺にはもったいない人たちです」

「……いいや、みんなお前だから友達になったんだろう」

柏木さんは立ち上がると、ググッと伸びをした。

「よし、最後の仕上げだ！　治療室に案内しよう。そこで一晩苦痛に耐え忍べば病気は完治してお前の身体は元通りになる」

「全身を業火《ごうか》で焼かれるような激痛なんですよね……」

「怖いなら手を繋《つな》いでやろう、ほら行くぞ」

俺は柏木さんの手に引っ張られて、病室を出て行った。

「さて、ここがお前の治療室だ。この部屋の中で一晩過ごしてもらうことになる」

子供のように手を繋ぎ柏木さんに連れてきてもらった部屋は、透明なガラスで仕切られていた。

向こう側の部屋の床は柔らかそうな青いマットで覆《おお》われている。

「敷き詰められているのは吸水マットだ、お前の身体から大量の水分が排出されるからな。もちろん、服は下着以外脱いでもらう。そして、ガラスを一枚隔《へだ》てたこちらの部屋で私は投薬後のお前に異常が出ないか一晩中経過観察をするというわけだ」

「柏木さんに徹夜させてしまうというわけですね、なんだかすみません」

「気にするな、慣れてる。それに、徹夜することになるのはお前も同じだ。激痛で眠れないどころか、痛みで時間の流れが酷くゆっくりに感じるほどだろう」

「……本当に全身を火で焼かれるような痛みなんですか？」

「すまない、その表現は脅《おど》しが過ぎたな。少し説明してやろう」

柏木さんはそう言うと、これから俺に飲ませるであろう赤い薬をポケットから取り出して見せた。

「激痛の原因は皮膚《ひふ》の収縮だ。私の薬では身体の縮小に合わせて皮膚も適応してくれるが、その際に全身の皮膚が動くことになるから痛みが生じるんだ。だから、もう少し正確に言うと『皮膚がないむき出しの全身を常《つね》に撫《な》でられ続けるような痛み』だな」

「なんだか生々《なまなま》しくてそっちの方が嫌ですね……麻酔は使えないんですか？」

「すまないが、薬の性質上麻酔との併用はできない」

「まぁ、痛みには慣れてますから大丈夫です。だから――」

俺は柏木さんに微笑みかける。

「そんなに心配、しないでくださいよ」

「……これでも明るく振る舞っているつもりだったんだがな」

柏木さんは観念したような表情で大きなため息を吐いた。

「あはは、俺の手を握ったのは失敗でしたね。気がついてないと思いますが、ずっと震えていますよ。本当に怖がっていたのは俺じゃなくて柏木さんだ」

「……ここまで頑張ってくれたお前に、さらにこんなに辛い思いをさせるのは忍びないよ……」

柏木さんは堪《こら》えるかのように俺の手を握る手にギュッと力を込めた。

毎回、患者たちのこの瞬間に立ち会っていたのだろうか。

だとしたら、柏木さんの心はもう限界を迎えているはずだ。

「だが、本当にこれで終わりなんだ。最後だから、もう少し頑張ってくれ」

「ありがとうございます、柏木さんのお気持ちは嬉しいですよ。じゃあ、早速《さっそく》……」

俺は服を脱いで準備を始めようとしたが、できないことに気がついて柏木さんを見る。

柏木さんはそんな俺を見て不思議そうに首をひねった。

「どうした？　もう準備を始めても良いぞ？」

「あの……繋いでいる手を放してもらわないと脱げないんですが……」

「……あっ！　そ、そうだよな……すまん」

ずっと繋いでいてほしかったなと内心惜しみつつ、俺は服を脱いでガラスを隔てた向こうの部屋に向かった。

柏木さんは俺の後から治療室に入ると、パンツ一丁になった俺の身体や顔をジロジロと見る。

トレーニングやマッサージの過程で何度も見られているはずだけど……。

「どうしたんですか？」

「いや、お前のこの姿も見納めかと思うと何だか名残惜《なごりお》しくてな。初日にも言ったが、私は今のお前の姿も嫌いではないよ」

「そうですか……実は俺もです。そう言ってくれる人が柏木さん以外にもそばにいてくれましたから」

彩夏の顔を思い出して、俺は呟く。

お兄ちゃん、頑張ってるからな。

柏木さんはじーっと俺の顔を見つめると独《ひと》り言のように尋ねてきた。

「……なぁ、抱きしめても良いか？」

「え、何でですか？」

「そうだな……えっと……、研究データを取るためだ」

「なるほど、柏木さんが嫌じゃなければどうぞ」

謎の間《ま》を挟みつつ、柏木さんはお望みどおり俺の腹回りに抱きついた。

トトロでこんなシーンがあった気がする。

「………………」

「………………」

そしてそのまま数分間、柏木さんにギュッと抱きしめられる。

真剣にデータを取っているのかもしれないが、沈黙に耐えられず俺は声をかけた。

「あの……柏木さん？」

「あぁ、すまない。つい、ずっとこうしていたいと思ってしまったよ」

「あはは。水が入っているだけあって、抱き心地は良いみたいですからね。妹にもよく指でプニプニと突かれます」

「……そういうことだ。命の危機なんてなければそのままの姿でも良かったのにな。さて、お前がこのマットの上で横になる前に最後の準備をさせてもらう」

そう言うと、柏木さんは部屋の隅《すみ》に置いてあった白い布を俺の身体に巻きつけていった。

「目以外はこの布で完全に覆ってしまうからな、繭《まゆ》みたいな状態で一晩過ごしてもらう。ちょうど姿が変わるわけだし、適切な表現だな」

「なるほど……山本羽化（流伽）ってわけですね」

「面白い冗談だ、たいそう腹を抱えたよ。君の発言データとしてこの治験の書類に永久に残しておこう」

「土下座するのでやめてください」

そんな調子でグルグルと俺の身体はミイラにされていった。

柏木さんに赤い錠剤を渡され、少量の水で飲みこむ。

そして、顔までを白い布で覆われた俺は床に横たわった。

「床のマット、思った以上にふかふかですね。これなら寝心地も良さそうです」

口元も当然、布で覆われている俺はフガフガと話す。

「私の計算だと約70キロの水分が排出されるからな。吸水マットもかなり厚めだ。横たわってもらうのは、身体全体に均等に重力がかかるようにするためと寝るときと同じ状態にして身体を休眠状態にするためだ」

柏木さんは横たわっている俺を見下ろしながら説明する。

何ていうか……見下されている感じが凄く良いです。

「その全身の布がトレーニングの際に何度かつけたマイクロチップ入りのシール代わりだ、今回の場合はシールだと水分のせいですぐに剝《は》がれてしまうからな」

「なるほど、これでデータを取るんですね。今後のDeBS研究のために」

「そういうことだ。じゃあ、私はガラスを隔てた向こうの部屋でお前の様子を見ているよ。朝までこちらには来ないから、気を遣《つか》う必要はないぞ」

そう言うと、柏木さんはアイマスクを取り出して俺の目に装着する。

「おやすみ、山本。良い夢が見られるといいな」

「あはは、生きて朝日を拝《おが》めるように努力します」

◇◇◇

目元にアイマスクを着けて2時間後——

激痛が来ると予告されていると、人は眠れないモノだ。

そして、その瞬間は突然やってきた。

「ぐぅう……！」

全身を焼けるような痛みが襲《おそ》う。

つい、苦悶《くもん》の声を上げてしまった。

本当は声を上げずに、じっと堪えるつもりだった。

じゃないと、あの人はきっと心配してしまうから。

(耐えろ……！　急にきたから驚いたけど、耐え切れない程じゃない！　頑張れ！　できる！

だって俺は長男だから！）

体中から水が抜けているのは都合が良かった、痛みで冷や汗をかいていることがバレなくて済む。

さっきは少し声を上げてしまったが、柏木さんはガラスの向こう。

きっと聞こえていないはずだ。

後は数時間この痛みを耐えるだけ。

これまでの人生だってずっと痛みに耐えてきた。

それに比べれば、今更こんな痛みなんてどうってことない。

でも、やっぱり麻酔をください……！

（――っ!?）

心の中で弱音を吐き始めていたら、
突如《とつじょ》、俺の口元に異変を感じた。

鼻をくすぐる甘いラムネ菓子のような香りと共に――

俺の口に一瞬、布越しに柔らかい感触があった……。

◇◇◇

「――山本、お疲れ様。終わりだ、もう痛みは収まっているだろう？」

恐らく朝を迎えたのだろう、アイマスクのせいで何も見えないが柏木さんの声が聞こえてきた。

「ええ、いつの間にか痛くないですね」

「一度だけ、苦しそうな声を上げていたな。その後は良好そうに見えたが」

「最初は驚きましたが、楽勝でした。途中でとても強力な麻酔を打ってもらえましたから」

「……そうか、なら私も協力した甲斐《かい》があったというモノだ」

淡々《たんたん》とそう言い放つ柏木さんに、一人で心中ドギマギしていた俺は自分が恥《は》ずかしくなってきた。

考えてみれば柏木さんは実利的な性格だ。

患者の痛みが緩和《かんわ》されると考えれば困惑《こんわく》させると同時に気を紛《まぎ》らわせるために布越しに口づけくらいは平気でするだろう。

柏木さんはとても美人だからそういうことも慣れているだろうし、純情な男心をもてあそぶなんて柏木さんは罪な女性だ。

とはいえ流石に役得だと思いながら、圧倒的経験不足な俺は白状する。

「あはは、まんまと柏木さんの作戦に乗せられましたね。あんなことされたら痛みなんてどうでも良くなっちゃいますよ。ずっとドキドキしてました」

「……そ、そうか」

俺は早速朝日を拝もうと、横たわったままアイマスクを指でつまみ上げる。

——しかし、直後に柏木さんがまたアイマスクを引っ張り下げて俺の目を覆ってしまった。

「……悪い、もう少しだけそのままでいてくれ。その……、まだデータを取っているから」

一瞬だけ見えてしまった柏木さんの顔は朝日のように真っ赤に染まっていた。

◇◇◇

「ふぅ……さて、もう大丈夫だろう。アイマスクを取って良いぞ。山本羽化だな」

「……もしかして、少し気に入ってます？」

「そんなわけないだろう」

数分後、恐らく柏木さんの顔の赤みが引いたのだろう。

俺のためにそこまで無理をさせてしまったのが申し訳ない。

まぁ、苦しんでいる俺を見ていられなかったから仕方なくだろうけれど……。

俺は上半身を起こすと、その時点で自分の身体が以前とは比べ物にならないほどに軽くなっていることに気がついた。

「じゃあ、目隠し取っちゃいますね。初めて見た人を親だと思ってついていく習性がありますので柏木さん、観念してください」

「なるほど……山本孵化《ふか》だな」

「やっぱり気に入ってますよね？」

「そんなわけないだろう。馬鹿なことを言ってないで、さっさと外せ」

叱《しか》られてしまったので、俺はアイマスクと顔を覆っている布を一気に取り去る。

久しぶりの視界に捉《とら》えたのは、

――俺の顔を見て、驚愕《きょうがく》の表情と共に瞳を大きく見開いた柏木さんだった。

「え？　何ですか？　もしかして失敗ですか？」

「………………」

柏木さんは俺の問いかけに答えず、瞬《まばた》き一つもせず、生まれ変わったはずの俺の顔を見つめていた。

「あの……柏木さん？　柏木百合《ゆり》さん？　美少女天才医師。ラムネ・シガレット過激派。実は優しい。凄い努力家。白衣が似合う」

反応がないのを良いことに俺は好き勝手に呼称《こしょう》する。

再三の呼びかけで、ようやく柏木さんは我に返ったかのように身体をビクリと震わせるという、反応を示してくれた。

そして、顔を赤くして荒い呼吸をし始める。

無視されて、顔が赤くて、呼吸が荒い……これはもしかして。

「なんか、怒ってます?」

「……ちょ、ちょっと待て。考えをまとめるのに少し時間が必要だ」

そう言うと、柏木さんは俺から目を逸らして何やら一人でブツブツと言い始めた。

「そうだな……そうか……いや、しかしこれだと……私以外の女にも……」

そして、ようやく言いたいことがまとまったのだろうか。

柏木さんはもう一度チラリと俺の顔を見た後に大きなため息を吐いた。

俺から目を逸らしたまま語り出す。

「……私は、お前がこの3カ月間頑張ってきた姿を見てきた。短い付き合いだが、とても濃密な時間で、私はお前が優しくて、誠実で、本当に尊敬できる人間だと思ったんだ」

柏木さんの話はいつも遠回し気味だが、今回も長くなりそうだった。

伝えようとしていることを正確にくみ取らなければならない。

「お前の元の姿がどんなだろうと関係ない。そう自分に言い聞かせつつも、やはり毎晩妄そ
――空想してしまってな。正直、自分でも極端な想像をしていると自覚していたんだが……」

そう言うと、柏木さんはまた俺の顔をチラリと見て大きなため息を吐いた。

「これは私の予想をはるかに超えてきたな」

「えぇっ?」

つまり……どういうことだ？

柏木さんは少し頬《ほお》を膨《ふく》らませて不機嫌そうに言った。

「正直に言わせてもらおうか、私としては非常に残念だよ。前の姿のままでいてくれれば私にとっては非常に都合が良かったんだ。こんな姿になる必要はなかった。そんな顔で……これから表を出歩いてほしくはないな」

「………………」

柏木さんの言いたいことはわかった。

遠回しに伝えてくれているが、予想をはるかに超えた『残念な顔』だということらしい。

『表を出歩いてほしくない』くらいに……。

柏木さんは何やら悔《くや》しそうに唇《くちびる》を噛《か》みしめる。

「そんな顔だと台無しだ。私は本当にお前の中身を気に入っていたのに……」

どうやら、柏木さんが気に入ってくれていた俺の性格でも取り返しがつかないくらいの酷さらしい。

「……あの、俺にも自分の顔を見せてもらって良いですかね？」

「あぁ、そうだな。見ればことの重大さがわかるだろう。ほら、私の手鏡があるから使ってくれ」

そう言って手渡された手鏡で俺は自分の顔を見る。

そこには知らない顔の青年が映っていた。

「嘘《うそ》……これが私？」

一応、初めてのメイクで生まれ変わった女の子のようなセリフを言ってみる。

しかし、審美眼《しんびがん》の狂った俺は正直これが良い顔なのか悪い顔なのかもよくわからない。

俺は恐る恐る、柏木さんに尋ねる。

「えっと、俺はあんな外見で人生を歩んできてしまったので確かではないのですが……。これなら、一般人レベルの顔にはなれているんじゃないですかね……？」

柏木さんは即座に鼻で笑う。

「一般人レベルだと!?　これが!?　はっ、笑わせるな」

「そうなんですか……う～ん、ダメだ。よくわからない……。これまで、人の顔の良さの判断は『俺か俺以外か』でしか考えたことがなかったので」

「なんだ、そのどこぞのカリスマホストみたいな考え方は」

確かに、他の人よりも目がパッチリしていてまつ毛が長くて、鼻が小さくて、唇が薄い感じはする。

この女々《めめ》しい感じの特徴が良くないのだろうか。

願わくば俺も病室でお世話になったジョニーさんみたいな、男らしいワイルドな顔が良かった。

そうすればもうイジメられることもないだろうし。

柏木さんはまたチラリと俺の顔を見て大きなため息を吐く。

「全く……お前の顔は何度見てもため息が漏れてしまうな。あまり私に近づくなよ、まだ見慣れてないから心の準備が必要だ」

「はい……」

柏木さんの容赦《ようしゃ》のない酷い言いように俺は心の中で泣いた。

悲しみに打ちひしがれつつ、俺は上半身だけでなく身体全体で立ち上がってみた。

約70キロの水分という名の重りがなくなった俺の身体は綿《わた》のように軽く、地面から空に飛んで行ってしまいそうだ。

「す、凄い！　自分の身体じゃないみたいです！　ほら！　見てください、凄く身体が軽いですよ！　ほらほら！」

俺はテンションが上がり、その場でぴょんぴょんと跳《は》ねる。

「あ、あぁ……見ているとも……た、確かに凄いな」

柏木さんはなぜか両手で自分の真っ赤な顔を覆い、指の隙間《すきま》からそんな俺をガン見していた。

その視線は何となく俺の下半身に注がれているような……あ。

そういえば、俺の身体は急激に小さくなったのだ。

ということは当然、俺が太っていた時に巻いていた布や下着はブカブカなわけで。

そんな状態で飛び跳ねたら当然、ずり下がって——

俺は一糸まとわぬ自分の姿に気がつき、慌てて股間《こかん》を手で隠した。

「す、すみません！　興奮《こうふん》して気がつか……ず？」

直後、ずり落ちて両足にかかっていた自分のパンツで俺はバランスを崩《くず》す。

身体の重心がまだわからず、俺はヨロヨロとよろけ全裸《ぜんら》の状態で咄嗟《とっさ》に柏木さんの両肩を掴《つか》んで支えにしてしまった。

冷や汗をダラダラと流す俺と見つめ合うような形になると、柏木さんは恐怖のせいか、顔を一層赤くしてギュッと固く目をつむる。

そして、「ん……」と小さく聞いたことのない可愛い声を上げてそのまま俺に顔を向けて固まってしまった。

俺は即座に離れてその場で全裸土下座を敢行《かんこう》した。

「すみません！　本当にすみません！　ワザとじゃないんです。身体が軽すぎて楽しくなっちゃって、気がついたらバランスを崩して柏木さんの肩を掴んでいて……」

恐る恐る顔を上げると、柏木さんは驚いた表情で俺を見ていた。

そして、顔を真っ赤にしたまま頬から汗を垂《た》らして、強がるように笑う。

「な、なんだ！　そうか、バランスを崩しただけか！　まだその身体には慣れていないからな！　き、期待などしていないぞ？　謝られるどころかむしろ、ありがとうというか!?　あはは、な、何を言っているんだろうな私はっ！」

　柏木さんも突然俺に変なモノを見せられた上に裸《はだか》で迫られ、恐怖と怒りで言動がおかしくなってしまっていた。

　そもそも「近づくな」とすら言われていた中での粗相《そそう》である。

　もう一生口をきいてもらえない可能性もある。

　俺は吸水マットに額をこすりつけて引き続き謝った。

「本当にすみません、死にます。俺は命の恩人にとんでもないことをしました。この命、お返しいたします。恥《はじ》の多い人生でした」

「お、お互い徹夜明けだからな！　テンションがおかしくなっているんだ！　とりあえず、今日は一日ぐっすり休んで、また夜にでも会おう！　ほら、お前の服だ！　わ、私もいつまで我慢が効《き》くかわからんから早く着てくれ！」

　大天使、柏木様は俺の粗相を許してくださった。

　本当にありがとうございます、明日から毎日ラムネ・シガレット食べます。

　柏木さんも顔が真っ赤になるくらい内心では怒っているのに、病《や》み上がりの患者だからという免罪符《めんざいふ》でどうにか我慢してくださっているのだろう。

　言う通り、柏木さんの怒りの限界がくる前に消えた方がよさそうだ。

「失礼しました～っ！」

大急ぎで着替えて深々と頭を下げると俺は柏木さんと別れて自室に戻った。

元の姿に戻った俺は、柏木《かしわぎ》さんと病院の屋上で星空を見上げていた。

アメリカの夏は日本よりも気温が高いけれど、空気が乾燥している分、蒸し暑さは感じない。

「――食うか？」

そう言って、柏木さんは俺にラムネ・シガレットを一本渡した。

ちなみに食べる以外の選択肢《し》はない。

今回も俺が答える前に口に突っ込まれてしまった。

夜風に綺麗《きれい》な髪と白衣をなびかせて、ラムネ・シガレットを咥えながら柏木さんは語り出す。

「それにしても、遠坂《とおさか》らしいな。こんなに高額な入院費用を払ってまでお前に治療を受けさせるとはな。ただでさえバカ高いアメリカの医療費に、こっちだと保険も利《き》かないからな」

「あはは、でも俺は断ったんです。これは立て替えてもらっているだけなんで俺が支払うんですよ」

「そうなのか、立派《りっぱ》だが目が飛び出るほどの金額だぞ？　お前が働いて返すとなるといったい何年かかるやら」

「うぐっ……日本に帰ったらどうやって返済するか考えないとなぁ……。やっぱり蓮司《れんじ》さんに甘えさせてもらった方が良かったのかも……でも、さすがになぁ……」

これから自分の身に降りかかるであろう請求金額に頭を悩ませる。

せめて彩夏《さいか》にはお金など気にせず好きな人生を歩めるようにしてやりたい。

蓮司さんのことを思い出し、俺は同時に柏木さんのことが気になった。

もう治療を終えた今なら、柏木さんも何も気にせず話してくれるだろう。

「……柏木さんはどうして医薬品開発者兼医者になったんですか？　しかも飛び級までしてわざわざ症例の少ないDeBS《デブス》の新薬の開発を……信じられないですが、まだ俺と同い歳《どし》なんですよね？」

一般人では到底《とうてい》成し得ないような偉業。

そのための途方もないほどの努力。

一体なにが柏木さんをここまで駆り立てたんだろうか。

「もう取り繕《つくろ》う必要もないな。残念ながら、私は立派な医者じゃない。DeBSで苦しんでいる多くの患者を助けたいなんていうのは建前《たてまえ》で本当にただ自分の願望を叶《かな》えるためなんだ」

「柏木さんの願望……新薬の日本での承認ですよね？」

柏木さんは夜空を見上げながら咥《くわ》えていたラムネ・シガレットをポリポリと噛《か》み砕《くだ》いていっ

た。

「少し長くなるが、聞くか？」

「ぜひとも、お願いします！」

「なに、くだらない話だ。肩の力を抜いて聞いてくれ」

柏木さんは語ってくれた。

柏木さんの、これまでの人生のお話を……。

「私の家系は時代遅れな慣習が残っていてな。とにかく男子が優遇されるんだ。私は3人目の末っ子だったが、目をかけられているのは上の二人の兄たちだけだった」

「私の父は医者、母は看護師だ。二人の息子たちも医者にさせようと英才教育を施《ほどこ》していたよ。私は女性だし、しかも父親の連れ子だったらしい。血が繋《つな》がっていない母親は私と目すらも合わせてくれなかったよ」

「愛情の反対は無関心だなんていうだろう。私はそれを肌《はだ》で実感した。父も母も私には取り繕ったような笑顔で接してきてな。我儘《わがまま》も聞いてくれた。毎回、『だから、もう手をかけさせないでくれ』とでも言うようにな」

「だが、結果として一番早く優秀な医者になったのはほったらかしにされていたこの私だ。兄たちをブチ抜いて、しかも今や両親よりも高名な医者であり、アメリカの医薬品開発者でもある。お前のおかげで新薬も完成して表彰《ひょうしょう》もされそうだ。どうだい、痛快なサクセスストーリーだろう?」

柏木さんはククク と笑うと、また新しいラムネ・シガレットを取り出した。

それを夜空にかざしながら続ける。

俺は引き続き、黙ったまま話を聞いた。

「……こうなったのは、私の人生を一変させるキッカケがあったんだ。以前にも言っただろう? 私は『運命の人』に出会った」

柏木さんがそう言って、俺は以前の話を思い出す。

柏木さんにとってのヒーロー。

だけど、同時に柏木さんに茨《いばら》の道を歩かせる原因となった憎《にく》き人物だ。

「その日はとある渓流《けいりゅう》に家族で遊びに行っていたんだ。たとえ私のお願いでも両親が付き合ってくれるはずもない。兄二人がテストで良い成績を取ったご褒美《ほうび》だった。私だっていつも満点を取っていたのにな」

「そこでも変わらなかった。父親も母親も兄たちがふざけ合って遊んでいるのを微笑《ほほえ》ましそうに見ていて、私はいない者のように扱われたよ」

「私は、親の興味を引ける方法を考えた。子供だったからな、考え方が単純で何か親を困らせてやればいいと思ったんだ。きっと、非行に走る青少年たちもこのような境遇に置かれているのだろう」

「私は脱ぎ捨ててあった親の上着からタバコとライターをくすねた。そしてこっそりと近くの茂みに身を隠した。すぐに両親は私がいないことに気がついて捜しに来て、タバコを吸っている私を叱《しか》ってくれると思ったんだ。そうしてくれたら、私はようやく愛を感じることができるからな」

「しかし、身を隠すまでは上手《うま》くできたものの。馬鹿《ばか》な私は火の付け方がわからなくてな、タバコを咥えもせずに着火しようと頑張っていたよ」

「そんなに遠くには隠れていない、5分もすれば私の名を呼ぶ両親の声が聞こえてくるはずだが。すでに30分は火の付かないタバコと格闘していることに気がついた」

「私は両親の様子を見に行ったよ、そこには変わらず遊んでいる兄たちを見ながら二人の医者としての将来を楽しそうに語り合う両親の姿があった。私がいないことなど気がつかずにな」

「その時に私の不安は確信に変わってしまったんだ。きっと、私は両親にとって要《い》らない存在なのだと。だから、消えてしまおうと思った。ちょうど渓流に来ているし、川に身を投げて、死んでしまおうと考えたんだ」

「唯一《ゆいいつ》の心残りはタバコに火を付けられなかったことだ。流れの速い川のそばで私はその心残りをなくそうとまたタバコを手に持って必死に着火しようと努力した。もう身体《からだ》など大事にする必要はないから、思いっきり吸ってやろうと思ってたよ」

「そんな時だったな。一人の少年が私を見つけて声をかけてきた『そんなモノ、吸っちゃダメだ』ってな」

「私は『大きなお世話だ。放っておいてくれ』と冷たく言ったが、少年は私の隣にしゃがみこんで、ポケットから駄菓子の箱を取り出した」

「タバコみたいな形の、ラムネ・シガレットだった」

「『こっちの方が美味《おい》しいから、こっちにしなよ』って言ってな。タバコを取り上げると、私の口に勝手にそれを突っ込んだんだ」

「爽《さわ》やかな甘いラムネの味が口の中に広がると、ポロポロと涙がこぼれた。少年は『美味しいでしょ？　タバコを吸うとそういうのも不味《まず》くなっちゃうんだよ』なんて無邪気に笑って……私がどんなに思い詰めていたかも知らないで」

「だが、私はその時初めて愛を感じたよ。そしてわかったんだ、何も両親に固執《こしつ》する必要はないってな。愛は誰にだってあげられるモノだし、誰からでも受け取れるモノなんだって」

「そして、少年はこう言った。『俺はデブスっていう病気なんだ。これから水分を取るだけで身体がぶくぶく太って、人より長くは生きられないんだってさ』」

「涙が止まらない私に彼は話を続けた。『だからその……大切にしてほしいんだ。せっかくの健康な身体なんだから。勝手言って悪いけど、お願いだから俺の分まで健康に楽しく長生きしてほしい』」

「私が思いとどまるには十分だったよ」

「その直後、上流から子供が流れて来てな。小さな女の子が溺《おぼ》れていた。彼は『留美《るみ》！』と叫ぶと迷わず飛び込んで彼女を助けようとその身体を抱きしめた」

「私は大慌《おおあわ》てで陸を走り、長い木の棒を見つけて少年に差し出した。彼は渓流の岩から彼女を守るために身体中が傷だらけになっていたよ。特に額《ひたい》を深く切ってしまったようだった」

「少年は私が差し出した木の棒を摑《つか》んで彼女を抱きかかえたまま陸に上がったが、彼女の意識はなかった。少年は頭から血を流しながら必死に心臓マッサージと人工呼吸をしていた。きっと学校で習ったことをちゃんと覚えていたんだろう。今思えば、私は両親を呼んでくるべきだったのだろうが、その時は私が呼んでも両親が来てくれるなんて全く考えなくてな。私も隣で泣きながら祈っていたよ」

「そして、大きな咳《せき》と共に彼女は水を吐き出して呼吸を始めた。少年は意識を取り戻した彼女を抱きしめて、それから私の手を握って感謝してくれた。そのまま、名前も聞けずに別れてしまったがな」

「その時、私は初めて何かになりたいと思ったんだ。彼のように、私も誰かの命を救えるヒーローになりたいってね。両親とは関係なく、生きる目標ができたんだ」

「そして、私は何としてでも彼をDeBSから救いたいと思った。私は幼《おさな》いながらもDeBSについて調べて治療方法を模索《もさく》した。必死で勉強し、飛び級でアメリカの薬学科に進学したがその治療薬は不完全でな。私が開発しなおしてお前に飲ませたというワケだ」

「そういうわけで、私は今ここにいる。それからも沢山《たくさん》の良い出会いがあった。本当に最高の人生だよ。彼に出会わなかったら、このラムネ・シガレットをもらえなかったなら。きっと私は自分の生を呪《のろ》って死んでいた、あるいは今も親に愛されることを夢見て抜け殻《がら》のような生活を送っていたはずさ」

話し終えると、柏木さんは笑いながらラムネ・シガレットを咥えた。

「だから、悪いが私は本当にお前を利用させてもらっているだけなんだ。私はこの新薬を日本でも承認してもらい、あの名も知らぬ優しくて勇敢《ゆうかん》な少年のDeBSを治してやりたくてこんなことをしている。会えなくても構わない、どこかで治ってさえくれれば……それが私の願望なんだ。気分を悪くさせたならすまない」

「…………」

「だが、お前の頑張りも本当に私の胸を打ったよ。はは、泣いたのなんてあの日以来だったしな。お前は頑張ってくれた、不可能も可能にしてみせた。こんな私なんかの個人的な願いのためにな」

「…………」

柏木さんのお話を聞いて、俺は絶句してしまっていた。

まさか……いや、絶対にそうだ。

柏木さんは何やら少し頬《ほお》を染めて咳ばらいをした。

「も、もしお前さえ良ければだがな……。この後の経過観察が終わって、日本での新薬の認可が下りた後……わ、私と一緒に日本で」

「──あの、それってひょっとして宮城県の岩倉《いわくら》渓流での出来事ですか？　小学1年生の時の……」

俺が口を挟《はさ》むと、柏木さんは俺の顔を見て瞳《ひとみ》を丸くする。

「……は？　いや、お前……何で知って……」

俺は指で前髪を少し上げて、額の傷を見せる。

あの時、留美を助ける時に岩で切った傷の跡だ。

「ま、まさか……」

柏木さんは咥えていたラムネ・シガレットを落とした。

◇◇◇

──後日。

遠坂家。

「蓮司様、百合《ゆり》ちゃんからお手紙が届きました」

「うむ、高橋《たかはし》君ありがとう。どうせ入院費の請求書だろう。燃やして捨てておいてくれ」

「それは蓮司様の手でお願いいたしますね」

遠坂蓮司は冗談を言いつつ家政婦の高橋から受け取った手紙を開いていく。

「これは将来的に山本《やまもと》君が支払うことになるが……流石《さすが》に半額くらいにはしておいてあげようか。アメリカは物価も日本とは比べ物にならない」

「それでも大金だとは思いますが……とりあえずいくらなのか見てみましょうか」

そして、同封されていた請求書を開き、

二人はその内容に目を丸くした。

『請求金額0ドル。10年前にすでに支払い済み』

『――1本のラムネ・シガレットによって』

了

請求書
請求金額0ドル。
年前にすでに支払い済
―1本のラムネシガレットによって
柏木百合

書き下ろし特別編『柏木百合のリベンジ』

私、柏木百合《かしわぎゆり》は宮城県の比較的裕福な家庭、柏木家の末っ子である。

父、柏木聡《さとし》は地元の小さな病院の院長を務めている外科医。

母、柏木静香《しずか》はその病院の看護師だ。

長男の柏木大地《だいち》、次男の柏木誠也《せいや》、そして私はそれぞれ1歳ずつ違った。

末っ子の私は何不自由なく育てられた。

私がおもちゃをねだれば何でも与えられたし、勉強や習い事などしなくても怒られなかった。

お菓子だけは『健康に悪いから』という理由で食べさせてもらえなかったが。

一般的な家庭と比べてもかなり恵まれた方だろう。

「貴方《あなた》は元気に育ってくれれば良い」

そう言って、お父様もお母様もニコニコと微笑《ほほえ》んでくれた。

――その一方で、兄たちへの英才教育は厳しいものだった。

口を酸《す》っぱくして「医者になれ」と叱咤激励《しったげきれい》し、両親が付きっきりで面倒《めんどう》を見ていた。

たまのお休みも朝から晩まで、お父様とお母様は大地お兄様と誠也お兄様の勉強を見ている。

私はその間、別の部屋で家政婦の高橋《たかはし》さんに毎日遊び相手をしてもらっていた。

私が4歳の時だった。

とある日、私はクレヨンでお父様とお母様、お兄様がたと高橋さんの絵を描き終えると不満を口にした。

「ねぇ、高橋さん。私、高橋さんと遊ぶのも楽しいんだけれど、本当はお父様とお母様とも遊びたいの」

私がそう言うと、高橋さんは困った顔で笑う。

「百合ちゃん。それは難しいわ。お二人ともお兄ちゃんたちをお医者様にするためにとても忙しいから」

「じゃあ、私もお医者様になるわ。そうすれば私もお父様とお母様に見てもらえるでしょう？」

私の言葉を聞いて、高橋さんはため息を吐く。

「柏木家を継ぐのは男の子、できれば長男の大地君。そして、誠也君もお医者さんになるの。貴方は自由に生きて良いのよ？」

「なら、私もお父様やお母様に叱《しか》られてみたいわ。何だか、私だけ仲間外れにされているみたいだもの」

子供というのは存外《ぞんがい》、鋭いものだと思う。

私は勝手に部屋を飛び出して両親と兄たちがいる部屋に突撃した。

「お父様、お母様、お兄様がた！　いつも勉強ばかりじゃ大変だわ！　みんなで遊びましょう！」

何冊もの参考書を積み重ねて机に向かうお兄様がた。

その隣で私立小学校の入試問題の参考書を開いて熱心に教えるお父様とお母様の姿があった。

「す、すみません！　百合ちゃんがこちらに来てしまいまして！」

家政婦の高橋さんは必死に謝りながら私を抱き上げる。

きっと、みんなで遊べば楽しいに決まってる。

お兄様たちも喜ぶと思って私は満面の笑みを見せた。

「…………」

「…………」

でも、お兄様たちの私への視線は酷《ひど》く冷たいものだった。

その時の私は手も頬《ほお》もクレヨンで汚れていた。

ずっと遊んでばかりだということが明白だっただろう。

私は両親に構ってもらえる兄たちを羨《うらや》み、兄たちは遊んでばかりの私を蔑《さげず》む。

まだ小学生にすらなっていないのに、そんな分断が生まれていた。

私を摑《つか》み上げた高橋さんを、お父様は睨《にら》みつけた。

「何をしている！　今は受験前の大切な時期なんだ！　ちゃんと百合を部屋に入れておきなさい！」

「はい！　すみませんでした！」

お父様の怒りの形相《ぎょうそう》を見て、私の身が竦《すく》む。

私にはいつもニコニコしているお父様のこんな表情は初めて見た。

「ち、違うのお父様……私が勝手に――」

「1秒でも時間が惜《お》しい！　さっさと出ていけ！」

その言葉を聞いて、高橋さんは頭を深く下げると私を抱きかかえたまま部屋を出た。

「高橋さん、ごめんなさい。私のせいで……」

「……百合ちゃんは何も悪くないわ……何も……」

高橋さんはそう言って、私の頭を撫《な》でて笑った。

――その夜、私はお父様たちに今日のことを謝りに行こうとした。

両親がいる居間の扉を開こうとドアノブに手をかけると、二人の話し声が聞こえた。

「百合のことなんだが――」

私の名前が聞こえて、思わず足を止める。

きっと、今日の事件のせいだろうけれど、私のことを話してくれているというだけで嬉《うれ》しかった。

私はそのままドアに耳をつけて話を聞いた。

「やっかいなものだな」

「貴方が連れてきたんでしょ！　どうにかしてよ！」

「わかっている。家政婦にはちゃんと言い聞かせておこう」

「そうね、あの二人は今が大切な時期なの。なんとしても優秀な医者にするのよ！」

「………」

私は、そっとその場を離れて自分の寝室に戻った。

話している内容は正直よくわからなかった。

ただ、私の話をしている両親の声があまりに無機質で……怖かった。

（私はどうして生まれてきたのだろう？）

そんな哲学的な問いに答えは出ないまま、その日は眠りについた。

◇◇◇

私もお兄様たちみたいにお勉強を頑張れば、きっとお父様やお母様に構ってもらえる！

何日か考え抜いた末に思いついたのがそんなアイデアだった。

私はそれを家政婦の高橋さんに伝えて、お勉強道具を買いそろえてもらった。

高橋さんに教えてもらいながら、私は必死にお勉強をした。

全《すべ》てはお母様に頭を撫でてもらうため。

お父様に「自慢の娘だ」と言ってもらうため。

お兄様たちに「お前も頑張ってるんだな」と仲間にしてもらうため。

私がそのことを語ると、高橋さんは私を励《はげ》ましてくれた。

「百合ちゃんのこともちゃんと見てもらえるように、頑張りましょう！」

そうして、３年後。

私は自宅から一番近い私立の小学校に入学した。

いや、入学させられた。

どんなに頑張っても、両親が私を見てくれることはなかった。

お兄様たちはもう少しだけ遠くの優秀な学校だ。

私も一緒の学校が良かったけれど、我儘《わがまま》を言うとますます両親から見放されそうで、大人しく従うしかなかった。

小学校に入ってからも私は毎日頑張った。

テストは全て満点。

苦手な運動も居残り練習で努力して満点の成績。

学級委員長を務め、勉強が苦手な同級生の子たちにも毎日教えていた。

それでも、両親はますます兄たちの勉強に付きっきりになるだけだった。

「百合ちゃん、凄《すご》いです！　本当に立派《りっぱ》ですよ！　お父さんもお母さんもきっと喜んでます！」

こう言ってくれるのは高橋さんだけ。

「……本当に、お父様とお母様は私を愛してくれているのかしら」

思わず、愚痴《ぐち》をこぼす。

「……百合ちゃん」

高橋さんはそんな私を悲しそうな瞳《ひとみ》で見ていた。

——翌朝。

お父様とお母様が私をピクニックに誘ってくれた。

夢のような出来事だった。

ようやく、私の努力が実を結んだんだ。

お父様とお母様が私を見てくれた。

そう思った。

「高橋さんも一緒に行けないかな？」

私が尋《たず》ねるとお父様は首を横に振る。

「百合、高橋さんは残念ながら今日で家政婦をやめるんだ」

「えぇっ!?　そ、そうなんだ……」

理由は聞けなかった。

お父様に煩《わずら》わしい思いをさせて、今以上に距離を置かれるのが怖くて。

今にして思えば、きっと高橋さんが私も連れて行くようお父様とお母様にお願いしたんだと思う。

そして、お父様たちは彼女を退職させたのだろう。

私にはお別れの言葉すら告げさせずに。

こうして実際に両親たちが初めて私を遊びに誘ってくれたわけだから、最後に高橋さんが約束させたのかもしれないけど。

当時、まだ小学1年生だった私にはそこまで考えることはできなかった。

そして、両親が連れてきてくれたのは、宮城県の岩倉渓流《いわくらけいりゅう》。

一緒に来ていた兄たちに「テストで良い点を取ったご褒美《ほうび》」だと説明していた。

その言葉、そして両親の私をいない者として扱う態度を目《ま》の当たりにして……自分は愛されていないと確信した。

馬鹿馬鹿《ばかばか》しい。

努力しても無駄だった。

ここの川に身を投げて死んでしまおう。

両親に認めてもらうことが生きる意味だった私にとって、そう考えるのはちっとも大げさなことではなかった。

──しかしそこで、私は運命の人に出会った。

そいつは能天気な笑顔で勝手に私からタバコを取り上げた。

私の隣に座って、代わりに甘いラムネ・シガレットを咥《くわ》えさせてくれた。

その少年が私に愛を与えてくれた。

自分の身の危険を顧《かえり》みない勇敢《ゆうかん》な姿を。

人命を救おうとする尊さを。

私に見せてくれた。

そして、同時に神を呪《のろ》った。

なぜ、彼のような存在にDeBS《デブス》だなんて難病を与えたのか。

どうして、必要のない私ではなく彼のような素敵《すてき》な人が長くは生きられないのか。

家に帰り、私は考えた。

とある偉人が言っていた。

人生には重要な日が二つあるという。

一つは自分が生まれた日。

もう一つは、『自分がなぜ生まれたかを理解した日』だ。

この日が私にとって二つ目の人生で重要な日となった。

自分の使命を理解した。

私はきっと、彼を救うために生まれてきたのだと思う。

彼の病気を治療して、彼が与えてくれた愛に応じる。

親に認めてもらう以外に何の意味も持たなかった私の人生が色づき始めた。

吸水性肥満化症候群『DeBS』を治療できるようになること。

奇《く》しくもその目的は両親の悲願である、私の兄たちを優秀な医者にするという目的と重なっていた。

生きる目的を得た私はすぐにパソコンで調べた。

DeBSの治療薬はあるのか？

ないなら、どうすれば薬を作れるようになるのか？

どうやらアメリカには治療薬があるそうだが、症状を少し抑える程度らしい。

やはり、自分で開発するしかなさそうだ。

医療品開発の研究者にならなくてはならない。

私は今小学1年生。

小学校を卒業するまであと5年、中学、高校を卒業するまであと11年もある。

（それじゃ、間に合わなくなるかもしれない……できるだけ早く開発して、私が彼を助けるんだ……！）

DeBSの症状の進行がどれくらい速いかは人による。

もし、運悪く彼の症状の悪化が早かったら彼の命はもう15年程度しかないはずだ。

（もっと早く、治療法を見つける必要がある……あぁ、くそ！　なんで私はまだ7歳なんだ！）

必死にパソコンで情報を探していると、とある見出しで私は手を止めた。

少し古い新聞の記事だ。

『アメリカで13歳の天才日本人少年が医科大学を卒業予定』

〈神奈川県出身の遠坂蓮司《とおさかれんじ》君（13）は10歳の時にアメリカの高校に編入。その後、1年で卒業認定を受けると今度は6年制の医科大学を2年で修了してしまった。蓮司君は将来について、「筋肉について深く研究し、大切な人の病気を治したい」と語っている。蓮司君には未《いま》だに治療法が見つかっていない難病の『筋繊維《きんせんい》衰退症』を患《わずら》った幼《おさな》なじみがいて、現在闘病中だという〉

「これだっ！」

私は歓喜《かんき》した。

遠坂蓮司、彼と同じ道筋を辿《たど》れば私も最速で医療品開発の研究者になれる。

私は自宅の電話でこの記事を書いた新聞社に電話をかけた。

私の声色《こわいろ》からかなり幼いことは相手にバレてしまったが、担当者もまさか小学1年生が電話をかけてきているとは思わなかったようだ。

私の話を真摯《しんし》に聞いてくれた。

そこから遠坂蓮司に取り次いでもらい、後日、遠坂蓮司本人から電話を受けることができた。

私は緊張しつつ話しかけた。

「初めまして、遠坂蓮司さん。私は柏木百合、小学1年生です」

「初めまして、百合ちゃん。私とどうしても話をしたかったそうだね」

優しそうな声だった。

いたずらだと思って怒っている様子もない。

私はすぐに本題を切り出す。

「はい！　私は吸水性肥満化症候群『DeBS』の治療薬をどうしても作りたいです」

「DeBS……難病だね。理由を聞いても良い？」

「私の大切な人がDeBSなんです！　名前も聞けずに別れてしまった人なんですが……どうしても助けたいんです！」

「そうか……」

彼、遠坂蓮司は私の言葉を聞いて噛《か》み締めるように小さく呟《つぶや》いた。

「わかった！　じゃあ、できる限り私が君をサポートしよう！」

望んでいた以上の返事だった。

遠坂蓮司はこの時から私が医者になり、医薬品開発者になるまでずっと面倒を見てくれることになる。

その日の夜に、私は早速《さっそく》両親にお願いした。

「お父様、お母様、私、アメリカの学校に転校したいの！　お願いします！」

当然、二人は驚愕《きょうがく》する。

「ダメだ！　流石《さすが》にそこまでは面倒をみきれん！」

「大丈夫です！　アメリカで私のお世話をしてくれる人がいます！」

そう言うと、母の方が父をなだめた。

「まぁまぁ、良いじゃないの貴方。百合の意思を尊重してあげましょう？」

そう言って、父親の耳元で小さく呟く。

「百合の方からいなくなってくれるのよ？　良いじゃない」

「……そうだな」

幾度《いくど》となく両親の間で交わされていた秘密の話も聞き取れるまでになってしまった。

かつての私だったらきっと首を吊《つ》ってしまいたくなるくらいのショックを受けていただろうが、両親の無関心を確信しても、それとは関係なく、生きる意味を持っている私にとってはどうでも良いことだった。

こうして、私はアメリカへ。

小学生が単身で行くことはできないので、私は両親に頼んでかつての家政婦である高橋さんに同行をお願いした。

　高橋さんは、その後遠坂家が家政婦さんとして雇《やと》うことになる。

「遠坂さん！　よろしくお願いいたします！」

　アメリカの豪邸で私は頭を下げる。

　遠坂蓮司は凄い大金持ちだった。

　彼は筋肉に関する医療が専門分野なので、サポートしている有名アスリートも多いらしい。

　学費も生活も、全ての面倒を見てくれる遠坂蓮司に私は何度も頭を下げる。

　しかし、私の態度を見て、彼――遠坂蓮司は眉《まゆ》をひそめた。

「あの……何かご無礼を働いてしまいましたか？」

　恐る恐る尋ねると、遠坂蓮司は首を横に振った。

「いいや、むしろもっと無礼に振る舞うべきだ。君はこれからいっぱい勉強して偉い人間になるんだから。まずは話し方をもう少し偉そうにしてみるべきだ。そんなにへりくだるべきじゃない」

　そう言うと、遠坂蓮司はあごに手を当てて少し考える。

「そうだな……まず、私のことは『蓮司』と呼び捨てにするように。私は君のことを同じく医学を志す仲間として『柏木君』と呼ぼう」

「ええ!?　そ、そんなことも必要なんですか？」

「大事なのは心構え、そして形から入ることだ。偉大な人間になるためには、すでになったつもりで行動すべきだよ。柏木君」

そんな蓮司の教えを受けて、私の口調や態度も可愛《かわい》げがなくなりご覧《らん》の通りになってしまった。

しかし、今になって思えば蓮司の言っていることは正しかった。

私が女だからと、若すぎるからと世間《せけん》に舐《な》められることは多い。

きっと、蓮司はそこまで見越して私を指導したのだろう。

私はアメリカの学校に転入すると必死に勉強した。

すぐそばに13歳で医科大学を卒業した天才がいるのだ。

私は蓮司の英才教育を受けて14歳になる頃には医者になり、医療品開発に携《たずさ》わることができていた。

――その年の春のことだった。

遠坂蓮司の妻、遠坂理子《りこ》の病室。

その娘、遠坂千絵理《ちえり》のすすり泣く声のみが病室内に聞こえていた。

「お母様！　嫌っ！　お母様がいなくなったら私、一体どうやって生きれば良いのっ!?　私、弱虫だし、友達もできないし、お母様がいないと何もできない！」

悲痛な叫びを、私は病室の隅《すみ》で聞いていた。

理子は自分の首にかかっていた、ネックレスを外す。

そして、千絵理に手渡した。

差し込む夕日の光が小さな赤い宝石を輝かせる。

すでに限界まで衰弱《すいじゃく》しているはずの理子はいつも通りの強気な表情に慈愛《じあい》を込めて笑いかける。

「大丈夫よ、貴方は本当は強い子だもの……だって、私の娘よ？　弱いはずなんてないわ。ピアノだって毎日練習してるし……私だったらきっと、3日も経《た》たずに放り出してるもの」

「うう、お、お母様！」

「最後にまた、ピアノを聴かせて頂戴《ちょうだい》？　貴方のピアノの音を聴きながら天国にいけるなんて、これ以上の幸せはないわ」

理子の希望でベッドのそばに運び込まれていたアップライトピアノ。

その椅子《いす》にかけると、千絵理はトロイメライを弾く。

ゆっくりと丁寧《ていねい》に。

まるで時間がゆっくりと流れることを祈るように。

「すまない、間に合わなかった……」

理子の手を握って蓮司がそう言うと、理子はピアノを弾いている千絵理を横目で見て笑った。

「ふふふ、馬鹿ね」

そして、満足そうに瞳を閉じる。

「十分すぎるくらい、間に合ってるわ……」

幸せそうな表情のまま、しかし理子の顔色は次第《しだい》に悪くなっていった。

「でも、知ってるでしょ？　私は負けず嫌いなの」

そして、最後の力を振り絞《しぼ》って蓮司の手を握り返す。

「リベンジ、期待してるから。こんな病気、さっさと倒して。沢山《たくさん》の人を救ってあげてよね」

理子は最期《さいご》まで強くて美しい女性だった。

◇◇◇

私は病院の中庭のベンチで独《ひと》り泣いている千絵理の隣に座った。

親の愛情をマトモに受けずに育った私に今の彼女の心境を推《お》し量《はか》ることなんてできない。

元から愛されていないよりも、愛を失った方がきっと辛《つら》いだろう。

私にできることといったら、せめて彼女のそばにいてあげることだけだった。

一人で泣きたいのかもしれない。

しかし、今の彼女はそうではないと思った。

私もあの渓流で一人、自暴自棄《じぼうじき》になっていた時——。

そばに〝彼〟が来てくれたことで、とても救われていたから。

「…………」

「…………」

お互いに何も話さなかった。

私は上手《うま》く励《はげ》ますことはできない。

ただ、一緒に理子の死を悼《いた》む。

そのためだけに隣にいた。

やがて日が落ちてきて、少し肌《はだ》寒くなってきた。

私は自分の白衣を脱ぐと、千絵理の背中からかけてやった。

千絵理は少しだけ驚いたような表情で「ありがとう……」と小さな声で呟く。

流石にそろそろ屋内に入った方が良い。

「……寒くなってきたな。私の部屋に来ないか？　蓮司はもう少し時間がかかるらしい」

立ち上がって手を差し出すと、千絵理は少しだけ頬を染めてその手をキュッと握ってくれた。

「――さ、どこでも好きなところに座ってくれ」

私は千絵理を病院にある自分の部屋に招いて、温かいココアをカップに注ぐ。

千絵理はベッドに腰かけると私からカップを受け取ってココアを口にした。

「……このココア、少し甘すぎるわ」

「甘い物を口にすると、ドーパミンとセロトニンが分泌《ぶんぴつ》される。少しは心も落ち着くだろう。ラムネ菓子もあるぞ？」

「やめておくわ、太っちゃうもの」

「そうか、千絵理はもう少しくらい太っても可愛いと思うんだが」

少し残念に思いつつ、私は再び千絵理の隣に座った。

ココアの熱で赤みを帯びる千絵理の顔は、少しずつ生気が戻ってきたようだった。

「……自己紹介が遅れたな。私は医者の柏木だ。本当は素性《すじょう》も知らない相手の部屋になんてついてっちゃダメだぞ？」

私が冗談交じりに言うと、千絵理も少しだけ笑顔を見せてくれた。

「一緒にお母様を看取《みと》ってくれた人だもの。悪い人なはずないわ……それに――」

千絵理は綺麗《きれい》な瞳で私を見る。

「貴方だって凄く悲しそう」

心中を見透かされて、私はポツリと呟いた。

「……理子はいつも明るくてな。私もよく娘のように可愛がってもらってたんだ」

「うん、お母様らしいわ。柏木さん、良かったら聞かせてくれますか？　お母様がこの病院でどういう風に過ごしていたか」

「あぁ、もちろん……理子は千絵理の話をいっぱいしてくれたぞ。日本にいるお前と通話する時間を一番の楽しみにしていた——」

それから、病室で千絵理と二人。

生前の理子の話をした。

千絵理は普段日本で暮らしていて、理子は日本では治療が難しい難病だったためアメリカのこの病院で治療を受けていた。

そして、蓮司はそんな理子の難病を治療するために医者になった。

蓮司が私をサポートしてくれたのは、大切な人の病気を治療したいという動機が自分と重なったからだろう。

病院での理子の話を聞いて、千絵理は吹き出す。

「あはは！　お母様ったら、こっちでも凄いのね！」

「病院でヤンチャしてる若者には日本語で怒鳴りつけに行ってたな。本当に強い人だったよ」

「……柏木さん。本当にありがとう、最後までお母様と一緒にいてくれて」

「感謝をするのはこちらの方さ。理子には沢山、大切なことを教わった」

一通り会話を終えると、千絵理はなにやらモジモジしながら私に尋ねる。

「あの……柏木さん。もし良かったら、〝お姉さま〟って呼んでも……良い？」

千絵理の提案に私は思わず目が点になる。

私は千絵理の姉ではないが……。

しかし、母親を失った直後だ。

しばらく彼女の姉になるのも悪くはないだろう。

「構わないが……私は千絵理と同い年なのに、姉というのも不思議な感覚だな」

そう言って笑うと、もじもじしていた千絵理の動きが急にピタッと固まった。

「……お、同い年？　え？　だって、やけに若いとは思ったけど……お医者様だって……」

「私は千絵理と同じ14歳だ。もう大学を卒業しているがな」

「ええ!?　な、何月生まれですか？　せ、せめて私よりも年上ですよね？」

「私は3月生まれだが」

「……わ、私の方が少しだけ年上……。そんな……こんなにお姉さんみたいなことを沢山してくれたのに」

何やらショックを受けている千絵理の頭を撫でる。

「年齢にこだわるのは日本の悪い文化だ。別に年下の私が姉でも良いだろう。私も千絵理みたいな可愛い妹なら大歓迎だ」

「お、お姉さま……！」

千絵理は感極《かんきわ》まった様子で私に抱きついてきた。

嬉しいが、ベッドの上なので誤解を生みそうだ。

とはいえ、今くらいは千絵理を沢山甘やかしてあげたかった。

その後、諸々《もろもろ》の手続きを終えた蓮司が来て千絵理は帰っていった。

葬儀も終えた頃には、千絵理の心の整理はついていたようで——。

蓮司と一緒に日本に帰る際には姿が見えなくなるまで私に手を振ってくれた。

首に下げた小さな赤い宝石のネックレスが千絵理にもよく似合っていた。

◇◇◇

それから半年ほどが経った。

千絵理も高校生になり、私とは頻繁《ひんぱん》に連絡を取り合っていた。

私が多忙なため、電話ではなくＲＩＮＥのメッセージばかりになってしまうのが申し訳ないが……。

千絵理は理子とは違い、臆病《おくびょう》な子だった。

理子によく甘えていたのだろう、私にもよく懐《なつ》いてくれた。

高校に入ると、知り合いがいなくなって友達作りに苦労しているという相談もよく受けた。

しかし学生生活を飛び級で駆け抜けた私にできるアドバイスなどあるはずもなく、勉強以外は教えられそうになかった。

そんなある日、こんなメッセージをもらった。

「お姉さまへ。なんとか、私もクラスに馴染《なじ》めるようになってきた気がします。といっても、私は笑顔で相槌《あいづち》を打つのが精いっぱいなのですが。皆様の会話は私には少し難しいのです」

千絵理の学校生活に希望が見えてきたようで私は胸を撫で下ろす。

私みたいに勉強漬《づ》けで友人の一人もいないような学園生活にならなくて良かった。

女子高生の会話と言えばイケメンがどうだとか、彼氏がどうだとか、どうせそんな話だろう。

確かに私と同様に千絵理にとっても興味が持てなさそうな話題だ。

千絵理の作り笑いが目に浮かぶ。

そう邪推《じゃすい》していたら、続けてメッセージが送られてきた。

「ですが、一つだけとても悲しいことがあるのです。私のクラスの男の子が一人、イジメられているのです」

まぁ、どこにでもある話だ。

イジメは人が人である限りなくならない。

私は返事を打つ。

「なぜ、その男の子がイジメられているのかわかるか？　その原因をなくしてやることはできないだろうか？」

私の質問に、千絵理はすぐに返してくれた。

「その子はとても太っているんです。本当にただ、それだけでイジメても良いという雰囲気《ふんいき》がクラスの中にできてしまっているのです」

これもよくある話だ。

こっちだと赤毛だとか目の色が珍《めずら》しいとか、顔にそばかすがあるというだけでイジメられることも多い。

千絵理はさらに自分の考えを送ってきた。

「身体的な違いばかりを見て、彼の良いところを見ようとしない。私はそれがとても悲しくてたまらないのです」

千絵理の想いを受け取り、私は考える。

「その彼だって、きっと太りたいと思ったわけじゃない。そうなってしまったんだ。誰にだってそんなことはある。もしかしたら、深い理由が別にあるのかもしれないしな」

「そうですよね！　それに、毎日体中を殴られているみたいで……制服もいつも踏みつけられたような跡がついています。弱い者イジメなんて良くないです！」

千絵理は憤《いきどお》っているものの、悲惨《ひさん》なイジメを目の当たりにしてなかなか動き出せない様子だった。

無理もない、ただでさえ千絵理は内気な性格だ。

それに女の子だし、今度は自分が暴力を振るわれることも想像に難《かた》くないだろう。

「イジメの一番の悪影響は彼が『自分に自信を持てなくなってしまう』ことだ。できるだけ早く、そばで励ましてあげた方が良い。でないと、彼はこれからもずっと劣等感を抱いたまま生きていくことになってしまうだろう」

少し悩んだが、私は千絵理に二つの案を出した。

「千絵理、マトモな解決方法は蓮司に相談することだ。あいつならきっとすぐに動いて解決に導いてくれるだろう。イジメは大きな問題なんだ、良識のある大人に頼れ」

そして、もう一つの案。

臆病者の千絵理が一歩前に進むために、私はあえてリスキーな提案をした。

「だがもし、千絵理のお母さん——理子だったらどうすると思う？」

私がそう送ると、千絵理は電話をかけてきた。

電話口の向こう、少し震えるような声で、しかし力強く千絵理は言った。

『私、まずは自分で言ってみます！　もう、こんなことはやめようって！』

千絵理は本当は強い子だと私は知っていた。

必要なのはキッカケ。

今回の件が、千絵理にとって良い成長のキッカケになると私は思った。

私は千絵理を勇気づける。

「千絵理、偉いぞ。立派だ。失敗しても良い、お前が自分で行動しようとしたことを私は誇りに思うよ。そして、無茶はするな。蓮司は忙しい奴《やつ》だが、どんなことよりもお前が最優先なんだ。何かされたらすぐに頼って良い」

『き、きっと大丈夫です！　私はお母様の娘ですから！』

「そうだな、頑張れ！　また明日、この時間に電話をしよう」

千絵理の成功を祈って、私はスマホを机に置いた。

――翌日。

千絵理と約束したよりも早い時間に私のスマホから着信音が鳴った。

千絵理が上手くやれたかどうか気になって、今日は一日中ソワソワとしてしまっていた。

私は慌《あわ》ててスマホを手に取る。

すると千絵理ではなく、やけに上機嫌な蓮司の声が聞こえてきた。

『柏木君、聞いてくれ！　千絵理が学校でイジメられてる子を保護してきたんだ！』

「…………」

私はスマホから耳を離す。

単純にうるさかったのもあるが、確認のためだ。

確かに、よく見たら千絵理ではなく蓮司のアイコンだった。

「そうか、千絵理は上手くやれたんだな」

私は安心して胸を撫で下ろす。

『私に相談しなかったのは君の提案か？　どうりで……。千絵理は勇気を出してイジメをやめるように言ったんだ。本当にすごい子だ！　今はその子と二人、居間で話をしているよ！』

蓮司のいつもの親馬鹿トークを、今日は存分《ぞんぶん》に語らせてやることにした。

「まるで、蓮司と理子が付き合ったキッカケみたいだな」

少し意地悪をしたくなった私の言葉に蓮司は笑う。

『あはは、まいったなぁ。情けない話だから秘密にしてたのに。理子から聞いたのかい？』

「気になって、私から尋ねたんだ。確か、学校で勉強ばかりしている蓮司がイジメられていて、理子がやめるようにお願いしたとか……」

『イジメっ子を殴りつけて恫喝《どうかつ》するのが理子にとっての「お願い」だとは、思わなかったなぁ。でも、私に告白してきたのは理子の方からだよ』

「蓮司に告白する勇気がないと思ったから私からしてやったと理子は得意げに言っていたぞ？」

理子の代弁をして言い返すと、蓮司はしみじみと語った。

『まぁ、告白はできなかっただろうね。私なんて根暗《ねくら》のガリ勉はクラスの中心でキラキラした彼女とは釣り合わないと思ってた。そうしたら、理子の方が「私みたいな暴力バカは貴方とは釣り合わないと思うけど……」って言い出して、思わず二人で笑ったんだ』

蓮司が恥《はじ》を忍んで話してくれたので、理子の秘密も私は蓮司に話してやることにした。

「理子は弁護士になるために毎日勉強していた蓮司を尊敬していたらしい。理子が私にこっそり話してくれたよ。自分の病気を治すために弁護士をやめて医者になると蓮司が言い出した時は大喧嘩《げんか》したとか。本当は嬉しくてたまらなかったそうだ」

　今となってはもう隠すこともないだろう。

　私が語ると、蓮司は少しだけ涙ぐんだ様子だった。

『あはは、本当にまいったなぁ。亡くなってからまた惚《ほ》れ直すことになるとは。あの時は急に別れを告げられて大変だった』

「蓮司のことが大切だったんだろう。自分が治療不可能な難病にかかったと知って消えようとしていた」

『……本当は俺が治療してやるはずだったんだがな』

「蓮司、それは――」

『あぁ、わかってる。俺たちは神様じゃない、医者だ。最善を尽くした、後悔はしてないさ』

　そこまで話すと蓮司は、さて……と一息ついた。

　どうやら、私に電話をかけてきた理由は千絵理の勇気を自慢するためだけではなかったらしい。

『それで、千絵理が保護してきた子なんだが……〝DeBS〟だ』

　蓮司の言葉に私は驚く。

　しかし、DeBSは希少疾患とはいえ大体1万人に一人の病気だ。

　日本にも1万人近い患者がいる。

イジメの標的にされることが少なくないのも身体《からだ》のむくれ具合から納得がいく。

『私も少し話してみたが、彼——山本流伽《やまもとるか》君は立派な子だ。千絵理が仕返しをされたが、助けてくれたらしい。恩人でもある。どうにか柏木君のDeBSの治験に参加させられないだろうか……？』

蓮司の要望に、しかし私はため息で返すしかなかった。

「蓮司、わざわざ日本の被験者を選ぶのは費用が高い。ただでさえ物価の高いアメリカでの生活になるんだ、彼は高校生のようだし精神的負担も考慮すると得策《とくさく》とは言えない。彼にとっても不幸な結果になるかもしれないんだ。私がこちらで成功させて日本の認可を得るまで待っていた方が良い」

しかし、蓮司も諦《あきら》めの悪い男だった。

『柏木君の治験、リタイア続きなんだろう？　最後までやりきって結果を出さないと、日本での認可は下りない。このままだと柏木君の恩人も救えないんだ。山本流伽君が治験を受ける費用は私がどうにかする』

「…………」

『わかっている、合理的ではないよ。これは私の直観だ、彼ならきっとやり遂《と》げる』

「…………」

『柏木君には、ちゃんと間に合ってほしいんだ……』

私は返事をできずにスマホを握る。

蓮司を信じていないわけじゃない。

しかし、度重《たびかさ》なる治験の失敗で私の心も折れかかっていた。

DeBSを治療するため、藁《わら》にも縋《すが》る思いではるばるアメリカに来た少年まで挫折《ざせつ》させてしまったら……。

『……きっと、柏木君も千絵理に言ったんだろう？　失敗しても良い、大事なのは行動したことだって。彼にも同じことが言えるんじゃないか？』

蓮司は口を酸っぱくして私に言い続けてきたことを繰り返した。

『治験を受けるのは彼の自己責任だ、君が気負うことじゃ――』

「あ～、わかったよ。お前の言うとおりだ、気楽にやれって言いたいんだろ？　確かに私は少し根《こん》を詰めすぎてた、被験者を変えるのは良いアプローチになるかもしれない」

『そうか！　ありがとう！』

私は蓮司の頼みを聞いてやることにした。

電話口の向こうではしたり顔のあいつがいることだろう。

「悪いが、期待はできないな。私も毎回できるだけ優しく、一生懸命励ましながら治験を行っているが、やはりみな耐え切れずに諦めてしまう」

私が愚痴《ぐち》をこぼすと、蓮司は真面目《まじめ》な声色で言った。

『いっそのこと、厳しく言ってみたらどうだ？』

「は？　そんなの、すぐに心が折れてしまうぞ？」

『そうか？　需要《じゅよう》はあると思うんだが』

「需要？　いったい何の話をしているんだ」

『まぁ、とにかく今回の治験はもう少し気楽にやってみることをお勧《すす》めする。やっぱり人には
ユーモアが必要さ』

「はぁ……」

蓮司のよくわからない話を聞き流しつつ、私は彼を病院に受け入れるための準備を始めた。

『ところで、柏木君。ご両親とは……』

「さぁな？　全く連絡をよこしてこないし、私も日本に帰っていないからな」

『そうか……私にも全く連絡がこないんだ。本当に親なのか？』

「ウチは放任主義なんだ、私にだけな」

『君の場合は放任主義じゃない、放置主義だ。頭が痛くなるな』

「もし日本に帰るようなことでもあれば、自己紹介くらいはしてもいいかもな」

『淡泊《たんぱく》だな……しかし、話を聞く限りだと仕方のないことか』

「兄たちは今頃高校2年生と3年生か。きっと今も医者にするために必死に勉強させられてい
ることだろう。同情するよ」

『あはは、君がすでに親よりもはるかに大きい病院の責任者だと知ったら腰を抜かすだろうね。わざと親戚《しんせき》の集まりにでも顔を出してやれば良い。かっこいいボーイフレンドでも連れてさ』

「私にボーイフレンドなんて、いるわけないだろう」

『作れば良いじゃないか。君なら選び放題だ』

「DeBSの治療薬を作るのが最優先だ。つまらない話ならもう切るぞ」

電話を切ると、私は呟いた。

「さてと……まずは、ラムネ・シガレットの補充だな」

◇◇◇

それから数日後。

診察室の椅子に座った、どこか見覚えのあるような彼の瞳を見て。

私はわざと脅《おど》すようにこう言った——

「〝お前には、地獄を見てもらうことになる〟」

あとがき

こんにちは、作者の夜桜《よざくら》ユノです。

いつも私の作品を全作品、後書きから印刷会社の名前まで余さず読んでいただきありがとうございます。

最後のページにたどり着いた貴方《あなた》に、何とも大きな拍手《はくしゅ》をお送りします。

もちろん、これは文字だけなので実際の音は聞こえないかもしれませんが、心の中ではまるでスタンディングオベーションでもしているかのように思っていただければと思います。

――パチパチパチ（車椅子《いす》に乗っていた少年が感動のあまり立ち上がって貴方《あなた》に拍手をする）

貴方がここまで辿《たど》り着いたこと、それは二つの可能性を示しています。

一つ目は、貴方がこの物語を最後まで読んだということ。

二つ目は、道端に落ちてしまったこの本が、偶然このページを開き、たまたま通りすがりの貴方が目にしているということです。

もし一つ目なら、全力で拍手を送ります！　もし二つ目なら、ちょっと驚きつつも、一緒に笑いましょう！

これが読者の皆さんへの手紙であることを前提に、私はこの冒険的で、時には奇妙な小説の後書きへと足を踏み入れます。うーん、何から始めたらいいかしら。

この作品には、実はちょっとした秘密があります。それは、一部のエピソードが、ある有名なアメリカの実話、『コップ1杯のミルク』のオマージュであるということ。あるいは、もしかしたらこれが貴方にとって全く新しい情報であるかもしれませんね。

お伝えすることと言えばそれと、私が飼っている犬が最近私に冷たいということぐらいですが、大変〝嬉《うれ》しい〟ことにこの後書きのページは編集様のご厚意で4Pも取っていただけましたのでもう少し筆を動かさなければなりません。もちろん、大変感謝をしています、してるってば。

そして、素晴らしいイラストを担当してくださったあかぎこう様、本当にありがとうございます。更《さら》にあかぎこう様には本作のコミカライズも担当していただいております。挿絵《さしえ》だけでも良すぎて衝撃を受けたのに漫画で読めるなんて身体《からだ》が耐えられるかわかりませんので今日から筋トレを始めることにしました。ジャンプ＋《プラス》というアプリでも第1話が読めるようになります。皆様も私を見習い筋トレをしてムキムキボディを手に入れて、『山本君の青春リベンジ！』のコミック発売に備えてください。（※追記：筋トレは2日で挫折《ざせつ》しました）

集英社ダッシュエックス文庫様からは他にも色々と本を出していきたいと思っておりますし、私もいくつか本を出しておりますのでこれからチェックする作業を皆様の日々のルーティーンに入れていただけると嬉しいです。（夕食の前や上司に説教をされている時とかに）

さて、読み終わった皆様はこの後何をしましょうか？　もしまだこの小説の物語が続いてほしいと思われているなら、ここで皆様に一つご提案があります。

それは、この小説のレビューや感想を書くことです。そう、貴方自身がこの物語の一部となり、他の読者と貴方の体験を共有するのです。そして、恐らくそれが貴方自身のライティングスキルを高める最良の方法です。

しかし、もしかしたら貴方は「私は作家ではない、それに評論家でもない」と思うかもしれません。でも大丈夫です、レビューを書くことは難しくありません。ただ、貴方がどのキャラクターが好きか、どの部分が好きだったのか、あるいは……どの部分がたまらなく大好きだったのかを述べればいいのです。

そして貴方のレビューがベストセラーになったら私はそのレビューのレビューを書きましょう、これがのちに『ラノベ1通のレビュー』として感動の実話になることは間違いないです。レビューや感想、友人へのお勧《すす》めが難しくても、もし貴方がこの小説を楽しんでいただけたなら、どうか我々にその喜びを分けていただけませんか？

1つ、2つ、いいえ、その先も……3つ、4つ、そして、そうです、書評サイトで貴方の手の中にある最大限の星を！

あ、でもご心配なく。星をあげることで実際に貴方が星を失うわけではありません。もし貴方がこの小説を5つ星評価してくださったとしても、空の星々はそのまま輝き続けます。貴方が星を入れることによって発生する宇宙環境への変化は心配ありません。

しかし、もし貴方がこの物語を読んで、「ええ、これはなんだ、私の時間を返せ！」と感じたなら、申し訳ありません。続く巻では楽しませてみせます。ただし、時間を返す方法については、あいにく私もまだ見つけ出せていません。

皆様の温かいご声援により売り上げが伸び、続刊が決まり、続く『山本君の青春リベンジ！』の2巻で更なる笑いや感動を提供できることを心より願っています。

そして同時に、この物語が貴方の心の中で大きな影を投げかけ、そしておそらく無意識のうちにカラオケの選曲を左右する程度の影響を及ぼしていることを願っております。

さて、ここまで合計4Ｐにわたる稚拙《ちせつ》な後書きを律儀《りちぎ》に読んでくださった変わり者の皆様。

おそらく貴方の珈琲《コーヒー》も冷めてしまったころでしょう。

私がこの物語を書き始めたとき、貴方が笑うこと、貴方が泣くこと、そして何よりも、貴方が夢中になって読むことを願っていました。そして今、この後書きを書いているとき、その願いが少なくとも部分的には叶《かな》ったと信じています。しかし、貴方が物語の最後に向かってページをめくる手が震えていたなら——それはただのカフェイン過剰摂取《かじょうせっしゅ》かもしれません。

健康にはお気をつけて。

それでは皆さま、最後のページを閉じるその瞬間まで、そしてその瞬間から次に開かれるページまで、笑顔溢《あふ》れる日々をお過ごしください。

願わくば、また次巻で会えることを楽しみにしています。

夜桜　ユノ

この作品の感想をお寄せください。

あて先　〒101-8050　東京都千代田区一ツ橋2-5-10
集英社　ダッシュエックス文庫編集部　気付
夜桜ユノ先生　あかぎこう先生

ダッシュエックス文庫

山本君の青春リベンジ！

夜桜ユノ

2023年7月30日　第1刷発行

★定価はカバーに表示してあります

発行者　瓶子吉久
発行所　株式会社　集英社
〒101−8050　東京都千代田区一ツ橋2−5−10
03(3230)6229(編集)
03(3230)6393(販売／書店専用)　03(3230)6080(読者係)
印刷所　図書印刷株式会社

ISBN978-4-08-631516-6 C0193

コミカライズもよろしく!!
山本君の青春リベンジ!
原作 夜桜ユノ 漫画 あかぎこう
ネーム構成 ユーキあきら
醜いデブの俺がイケメンだ!?
マンガで描かれる、もう一つの青春リベンジ!!
ニコニコ漫画 ダッシュエックスコミック で
大好評連載中!!!!!
最新話はこちら!▶

描き下ろしオマケ漫画
大増11P掲載!
トラブルも
万能生活スキルで
パパッと解決!!
原作 夜桜ユノ
ネーム構成 ユーキあきら
漫画 柳輪
1
ギルド追放された
雑用係の下剋上
～超万能な生活スキルで世界最強～
ドキドキのギルネ…!?
ティムこそ大丈夫か?
押し倒されて
お怪我はありませんか!?
ティムがメイドに…!?
一瞬本当に可愛い女の子かと思ったよ
コミックス1巻大好評発売中!&
ニコニコ漫画
で 大好評連載中!!